À l'aube du troisième jour

Aux Éditions du Palémon

Les enquêtes de Mary Lester

Les Bruines de Lanester

Les Diamants de l'Archiduc

La Mort au bord de l'étang

Marée blanche
Prix de la Fondation Paul Ricard - 1995

Le Manoir écarlate

Boucaille sur Douarnenez
Association des Écrivains de l'Ouest :
Grand Prix de la Ville de Rennes - 1995

L'Homme aux doigts bleus

La Cité des dogues

On a volé la Belle Étoile !

Brume sous le grand pont

Mort d'une rombière

Aller simple pour l'enfer

Roulette russe pour Mary Lester

À l'aube du troisième jour

Les gens de la rivière

Filosec et Biscoto

Les Naufragés de l'île sans nom

Le Manoir des hommes perdus

Théâtre

Authentique Histoire de Bélise ...

Aux Éditions Coop Breizh :

Le Gros Lot

Gens et Choses de Bretagne

Aux Éditions Flammarion :

L'Ombre du Vétéran
Prix Pierre Mocaër - 1993

La Fontenelle, Seigneur de l'Île Tristan

Jean FAILLER

À l'aube du troisième jour

ÉDITIONS DU PALÉMON
ZA de Troyalac'h - N° 10 - Rue André Michelin - 29170 St-Évarzec

Remerciements à :

Pierre DELIGNY,
Nicole GAUMÉ,
Yann GOASDOUÉ,
Christian TROADEC,
Hélène THOMAS,
Maître Florent LUCAS.

Toute ressemblance avec des personnes, des noms propres, des lieux privés, des noms de firmes, des situations existant ou ayant existé, ne saurait être que le fait du hasard.

ISBN 2-907572-23-7

CHAPITRE I

C'était dans ce bureau que tout se décidait. Un bureau tout ce qu'il y avait de convenable, comme on en trouve chez le directeur de n'importe quelle administration. Une porte de bois verni au deuxième étage du commissariat de Quimper, un seuil que même les flics qui avaient de la bouteille et vingt ans de carrière ne franchissaient jamais sans une certaine appréhension.

Il n'y avait guère que Mary Lester pour s'y rendre le cœur léger. Du moins le laissait-elle accroire… Car au fond d'elle-même elle se demandait toujours quelle mission insolite, curieuse ou impossible son patron lui réservait.

Le plus souvent d'ailleurs, il y avait derrière ces ordres - émanant d'une autorité supérieure toujours un peu mystérieuse - une requête polie mais ferme de mettre à disposition pour telle ou telle mission le lieutenant Mary Lester.

Le lieutenant Mary Lester obéissait donc sagement aux ordres de son chef hiérarchique, le commissaire divisionnaire Fabien. Il avait demandé qu'elle l'attende dans son bureau, ce qu'elle faisait depuis bientôt un quart d'heure.

Rien n'était moins militaire que la tenue du lieutenant Lester puisque en ce début du mois de juillet la jeune femme portait les vêtements d'été qui habillaient des milliers d'autres jeunes femmes partout en France : un pantalon de toile, des tennis blanches, une chemise de lin.

Rien n'était plus trompeur non plus que l'aspect d'étudiante sage du lieutenant Lester. De taille moyenne, elle avait des cheveux châtains tirés en arrière en une courte tresse nouée par un élastique. Un joli visage volontaire, un regard profond et perspicace qui, si on s'y attardait, donnait à réfléchir à tous ceux - et ils étaient nombreux dans la police et ailleurs - qui la prenaient pour une brave petite jeune fille inoffensive.

Pour avoir pensé de la sorte, quelques gros malins qui se croyaient intouchables se morfondaient derrière d'infranchissables barreaux et quelques autres, de ses collègues, s'étaient fait « remonter les bretelles » ou carrément tourner en ridicule pour n'avoir pas su voir l'envers des choses.

Une porte s'ouvrit dans son dos et le commissaire Fabien entra.

– Ah, vous êtes là, Mary?

Elle était le seul lieutenant que le commissaire appelât par son prénom.

Le commissaire divisionnaire Fabien était un quinquagénaire de petite taille à l'œil bleu et pétillant. Il s'approchait à grands pas de l'âge de la retraite, ce qui le désolait secrètement. Il entrevoyait avec douleur ce qui l'attendait lorsqu'il serait livré vingt-quatre heures sur vingt-quatre à l'accablante sollicitude de madame Fabien.

Toujours tiré à quatre épingles, il cultivait le style « Scotland Yard » et il ne manquait qu'un œillet bleu à la boutonnière de son élégant costume gris clair pour qu'il eût tout à fait l'air d'un héros d'Agatha Christie.

Il accrocha soigneusement son chapeau de feutre assorti au costume à une patère teintée acajou et tendit à Mary une main ferme et sèche qu'elle serra. Puis il contourna son bureau avant de s'asseoir.

– Pardonnez-moi, je vous ai fait attendre, mais j'ai été retenu plus longtemps que je le pensais à la préfecture. Mais, asseyez-vous donc !

Un homme courtois, le divisionnaire Fabien, et élégant, pas seulement par la qualité de son costume, mais dans toute l'acception du terme, ce qui était rare… et pas seulement dans la police.

Mary se posa sur une des chaises disposées devant la table de faux acajou en faisant, de la tête, un mouvement qui indiquait qu'elle comprenait et qu'elle avait tout son temps. En réalité, elle était sur des charbons ardents, elle brûlait de savoir où le patron allait l'expédier. Car il n'y avait pas à se tromper, il revenait de la préfecture et, assurément, une nouvelle mission peu orthodoxe l'attendait. Mais où ?

Le commissaire sentait son impatience et ne se pressait pas. C'était une sorte de jeu entre eux : elle faisait mine d'être indifférente et lui faisait semblant de la croire indifférente, retardant à plaisir le moment d'éclairer sa lanterne. Mais, sous sa façade paisible, Mary Lester bouillait. Elle aurait voulu prendre ce petit bonhomme aux épaules et le secouer en demandant :

– Mais où ?

On ne pouvait décemment secouer un commissaire divisionnaire comme un vulgaire prévenu. Alors il fallait prendre son mal en patience. Elle se carra dans son siège, croisa les jambes, croisa les bras et regarda le commissaire avec un sourire qui voulait dire : « J'ai tout mon temps ».

Bien qu'elle fût habituée aux manières de son supérieur, la question qu'il lui posa la prit au dépourvu :

– Aimez-vous la musique, lieutenant ?

Elle le regarda, surprise :

– Bien sûr, patron.

Le commissaire eut l'air satisfait.

– Parfait. Vous avez des préférences ?

– Oui, Mozart, Vivaldi, Bach…

Il siffla, admiratif. Elle ajouta :

– …Et quelques autres.

– Résolument classique à ce que je vois.

– Plutôt, oui… Mais pourquoi me demandez-vous ça ?

Il ne répondit pas à la question :

– Je croyais que les jeunes d'aujourd'hui préféraient des tempos plus modernes, le reggae, le rock, le rap…

– Ma prédilection pour les classiques ne m'empêche pas d'apprécier d'autres styles plus contemporains. Il y a de très bons groupes de rock et de reggae. Pour ce qui est du rap, autant vous le dire tout de suite, ce n'est pas ma tasse de thé.

– Ni la mienne, dit le commissaire en riant.

Mary se demanda ce qu'il pouvait bien aimer. Elle aurait volontiers penché pour le style Verchuren ou Aimable des années soixante.

– Lisez-vous parfois des romans policiers ?

Elle le regarda ébahie. Après la musique, la littérature. On ne l'avait pas habituée à de telles conversations dans la maison.

– Oui, il y en a d'excellents.

Le commissaire sortit un ouvrage de sa poche avec un geste de prestidigitateur.

– Tenez !

Elle prit le bouquin, l'examina et regarda son patron perplexe :

– Qu'est-ce que je dois en faire ?

Il répondit à sa question par une autre question :

– Que fait-on d'un livre, d'ordinaire ?

– On le lit !

– Eh bien voilà, je vais vous demander de lire ça.

À nouveau elle examina le bouquin. C'était un format poche, avec une couverture d'un gris très pâle et un gros titre en blanc : « À l'aube du troisième jour ».

Le livre en main, elle leva sur Fabien un regard interrogateur :

– Vous voulez que je vous en fasse une fiche de lecture ?

– Pas précisément.

Elle respira fort et souffla :

– Patron, si vous en veniez au fait ?

Ce fut au tour du commissaire de sourire : il avait réussi à la faire sortir de son impassibilité de façade.

– Quels faits ? Voilà un bouquin qui est sorti au deuxième trimestre de cette année. Il conte dans le détail l'enlèvement d'un chanteur célèbre lors d'un festival de musique, enlèvement suivi, bien entendu, d'une demande de rançon.

Mary Lester haussa les épaules :

– Pourquoi pas? C'est du roman. L'imagination des auteurs en la matière semble inépuisable. Si vous vous penchez sur tout ce qui sort, vous n'êtes pas au bout de vos surprises. Qu'est-ce qui vous chagrine là-dedans?

– Oh moi, rien, soupira le commissaire. Rien de rien. Si ce n'était ma fonction, on pourrait bien enlever tous ces faiseurs de bruit, on pourrait même les faire disparaître de la surface de la terre, je n'y verrais aucun inconvénient.

Mary sourit. Elle avait vu juste. C'était là le raisonnement typique d'un dinosaure de la période Verchuren.

– Tss tss tss, patron, fit-elle entre ses dents, je suis sûre que vous ne parlez pas selon votre cœur. Et le droit à la différence alors?

Il leva sur elle un regard lourd qui en disait long sur ses sentiments à l'égard du droit à la différence.

– Savez-vous où se situe l'action de ce roman?

Elle secoua la tête négativement :

– Comment le saurais-je?

– Au Festival des Vieilles Charrues.

Elle fronça les sourcils :

– Pardon?

– Vous n'avez pas entendu parler du Festival des Vieilles Charrues?

– C'est un concours de labours?

Le commissaire se mit à rire franchement :

– Si les organisateurs vous entendaient! Ils sont persuadés que la jeunesse de l'Europe entière connaît leur festival!

– Ah, dit-elle, ça me revient, c'est un festival de

musique assez énorme, il me semble, une sorte de Woodstock breton.

– Nous y voilà! dit le commissaire avec satisfaction. C'est en effet un festival de musique qui a lieu chaque année à Carhaix, en centre Bretagne.

– Je vois! Encore une histoire de décibels. Un voisin, excédé par le bruit, sort son fusil de chasse et...

Le commissaire ne la laissa pas finir sa phrase.

– Vous n'y êtes pas du tout. Ce festival a le vent en poupe. Créé en 1992 par une bande de copains, un peu à la manière d'un canular, il a connu un succès fantastique. Cette année on y attend deux cent mille personnes.

Mary regarda le commissaire en fronçant les sourcils :

– Vous n'avez pas mis un zéro de trop, patron?

– Pas du tout, dit Fabien, pas du tout. L'an dernier ils ont fait cent mille entrées payantes en trois jours, cette année le festival durera six jours. Alors, pourquoi pas le double de spectateurs? Ils ont eu une presse du tonnerre dans l'Europe entière!

– Deux cent mille personnes! s'exclama Mary, mais c'est énorme!

– Ouais, surtout pour une petite ville qui compte huit mille habitants.

– Et ça se passe quand?

– La semaine prochaine.

– Tiens donc! Et qu'est-ce que je viens faire là-dedans, moi?

– À vrai dire, fit le commissaire, je n'en sais trop rien. Comme je vous le disais, je reviens de la préfecture où j'ai rencontré le maire de Carhaix et le président du Festival.

Il montra le bouquin que Mary tenait toujours en main :

– C'est ça qui les trouble ? demanda-t-elle.

– Oui, et en l'occurrence, dire qu'ils sont troublés est un euphémisme. À dire vrai, ils sont franchement inquiets.

Mary retourna l'ouvrage dans tous les sens, se demandant ce qu'il pouvait bien y avoir de si effrayant dans ce parallélépipède de papier relié.

– Je ne l'ai pas lu, dit Fabien, mais ces messieurs m'ont fait part de leurs inquiétudes : figurez-vous que leur festival à venir tient la vedette dans l'ouvrage.

– Leur festival de l'an passé ?

– Non, celui qui vient.

– Ah, c'est donc une œuvre d'anticipation.

– Tout à fait. C'est justement ce qui les trouble. Bien entendu, il s'y passe un drame.

– Bien entendu…

Mary attendait des précisions quant au délit.

Le commissaire entretint un moment le suspense et laissa tomber :

– Un rapt !

Elle ironisa, ne prenant vraiment pas la chose au sérieux :

– Comme c'est original. Et qui doit-on enlever ?

– Un artiste.

– Tiens donc ! On a même peut-être son nom ?

– Pas de nom. C'est la seule chose qui manque. Ou plutôt, la clé du mystère serait dans ce bouquin. Il suffirait de savoir lire entre les lignes.

– Et votre maire, votre président, ils n'ont pas trouvé ?

– Non, et le reste du comité non plus.

– Alors, qu'est-ce qui leur fait dire qu'un artiste va être enlevé ?

– Le téléphone. Anonyme, bien sûr. Des appels au secrétariat de l'organisation, aux journaux.

– En faisant allusion au bouquin ?

– Mieux que ça, on leur a expédié une douzaine d'exemplaires. Paraît que tout y est écrit.

– Ça ressemble furieusement à un canular, dit Mary. Vous êtes sûr que ces types ne sont pas en train de vous bourrer le mou pour se faire de la pub ?

Le commissaire la regarda d'un air réprobateur :

– Vous avez de ces expressions, Lester !

« Aïe ! se dit Mary, on en est aux noms de famille, faut que je surveille mon vocabulaire ! ».

– J'imagine mal, dit le commissaire en regardant ses doigts, qu'un maire, qu'un président d'association s'acoquinent pour, comme vous dites, « bourrer le mou » à un commissaire de police et un secrétaire général de préfecture. Si tel était le cas, il y aurait matière à poursuites pour outrage à magistrats. Franchement je ne vois pas des gens aussi sérieux et responsables que ces messieurs s'amuser à ce petit jeu. De la pub, comme s'ils en avaient besoin ! Si ça continue, ils vont refuser du monde !

Il posa ses mains bien à plat sur la feuille de buvard vert qui garnissait son bureau et dit, en regardant fixement Mary dans les yeux :

– Je vais vous dire ce que j'ai vu ce matin, moi : deux messieurs très fortement ennuyés. Deux messieurs responsables d'un événement qui draine deux cent mille personne, peut-être plus cette année.

Deux messieurs qui savent combien la sécurité peut être fragile quand on rassemble une pareille foule.

Il sortit du dossier des photocopies :

– Regardez ça !

Mary prit le document qui reproduisait la une de *France Soir* du vendredi 2 juillet. Un titre gras barrait cinq colonnes à la une : « Kidnapping au festival ».

– Et voilà ! dit Fabien. On retrouve l'information dans *Libération*, dans *l'Humanité*, même dans *le Figaro* ! Ah, pour de la pub, c'est de la pub ! Toute la France sait désormais qu'un kidnapping est prévu à la mi-juillet à Carhaix.

– Ça c'est de l'inédit, s'exclama Mary. Qu'attendez-vous de moi, patron ?

– Que vous lisiez ce bouquin d'abord, et ensuite que vous me disiez ce que vous en pensez.

– Bien. Mais vous, qu'en pensez-vous ?

– Je ne l'ai pas encore lu, je viens de l'avoir. Mais je vais m'y mettre. Ne vous en faites pas, j'en ai un second. Et on en aura tant qu'on voudra, l'essentiel pour le moment est de deviner qui est ce mystérieux artiste qu'on veut enlever.

– À propos, demanda Mary, combien seront-ils dans la programmation de cette année ?

– Je ne sais pas, moi, je crois qu'il y a une soixantaine de groupes.

– Combien sont-ils par groupe ?

– Avec les musiciens ? vingt, peut-être plus.

Elle regarda le commissaire d'un air incrédule :

– Rien que ça ?

– Plus…

– Plus ? dit-elle en écho.

– Plus, poursuivit le commissaire en soupirant, vingt bagadou et vingt cercles celtiques.

Mary compta mentalement :

– Ça fera pas loin de deux mille personnes…

– En effet, dit Fabien.

Elle plissa le front et fixa le commissaire :

– Deux mille personnes susceptibles d'être kidnappées ?

– N'exagérons rien, dit Fabien. Là-dedans, il n'y a pas que des célébrités, j'imagine mal l'intérêt qu'il y aurait à kidnapper un musicien illustrement inconnu.

– Vous avez raison, patron, dit Mary après quelques instants de réflexion. Mais tout de même, en éliminant un sur dix, il resterait une première liste de deux cents noms ; ça ne s'apparenterait pas à l'histoire de l'aiguille dans la botte de foin, cette affaire ?

Elle prit le bouquin et se leva :

– Sans compter les illustres visiteurs qui ne manqueront pas de venir se faire voir, les politiciens locaux en quête d'une image « jeune »… Enfin, on va étudier la question. La première chose étant, bien entendu, de voir ce qu'on raconte là-dedans.

Elle regarda l'ouvrage sous tous ses angles :

– Si ça ne vous fait rien, dit-elle, je vais aller lire ça chez moi.

CHAPITRE II

Mary Lester avait changé de domicile depuis peu. Elle avait trouvé un logement de rêve dans le cœur du vieux Quimper : un vaste studio avec une véranda donnant sur un jardin secret cerné de murs de vieilles pierres.

Elle s'installa à l'ombre d'une glycine, arbre en forme de parasol, dans un transatlantique de bois et de toile après s'être mise en maillot de bain. Elle s'était coiffée d'un bob de toile blanche et munie de lunettes de soleil pour se protéger de la brillante lumière de ce début juillet.

Dans les chèvrefeuilles qui couvraient les murs de pierre sèche, des oiseaux chantaient et seule une faible rumeur lui rappelait qu'à moins de cinquante mètres de sa glycine, dans la rue adjacente, des gens, dans leurs voitures, pestaient contre les embarras de la circulation.

– Quel beau métier que d'être flic, ironisa-t-elle à voix haute.

Voilà qui consolait des planques sous la pluie, des injures trop souvent reçues, des interventions dans les zones urbaines difficiles, dans les camps de nomades…

Elle avait toujours eu pour principe de vivre au présent, de goûter intensément les bons moments, de tâcher d'oublier et de surmonter les mauvais et surtout, de ne pas pleurer avant d'avoir mal.

Or, dans l'immédiat, elle vivait un moment bien agréable sous ce ciel d'été imperturbablement bleu.

Elle se carra dans sa chaise longue en ironisant de nouveau :

– En plus, on me fournit de la lecture. Voyons voir… Peut-être bien, après tout, que ce bouquin est une forme de torture raffinée.

Rien ne différenciait *À l'aube du troisième jour* d'un très honnête livre de poche comme il en paraît quelques douzaines par mois.

Sur la couverture gris clair on devinait une photo volontairement estompée, représentant une scène devant laquelle se pressait une foule. Un « Gwenn ha du », le drapeau breton, flottait au premier rang et, sur l'arceau en forme de fer à cheval qui surplombait la scène, on pouvait lire « Festival des Vieilles Charrues » écrit en onciale.

Le podium, énorme, était construit en tubulures métalliques. En y regardant de plus près, Mary s'aperçut qu'il s'agissait là d'un de ces Meccano géants que des sociétés spécialisées montent et démontent en trois jours pour des événements ponctuels : rencontres sportives, manifestations politiques ou festivals artistiques.

Il n'y avait pas à s'y tromper, c'était bien du festival de Carhaix qu'il s'agissait.

L'ouvrage, signé par un certain Marcel Prost, avait été réalisé par les Éditions du Trébuchet, une maison qui avait son siège social à Landerneau ; sur l'avant-dernière page, on pouvait lire sa date de sortie : 2e trimestre 1999.

– Marcel Prost, il ne manque pas d'air, celui-là, dit Mary Lester. Un pseudonyme, assurément.

Elle ouvrit le livre. L'histoire, qui se lisait bien, racontait effectivement la prise d'otage d'une célébrité - et elle nota qu'on ne parlait pas nécessairement d'un artiste, simplement une célébrité - et d'une demande de rançon pour lui rendre la liberté.

Visiblement l'auteur du bouquin connaissait parfaitement les lieux, les us et coutumes du festival et des festivaliers et jusqu'au moindre détail de la programmation artistique.

Il s'étendait longuement sur les descriptions de la foule, sur les menus qui étaient servis, sur les heures d'ouverture et de fermeture du podium, sur les animations en ville. Un type fort bien documenté assurément.

Elle quitta son siège pour se faire un pot de thé qu'elle dégusta avec des petits gâteaux tout en poursuivant sa lecture.

L'ouvrage se terminait sur cette phrase sibylline : « Et tout sera consommé à l'aube du troisième jour », phrase qui avait fourni son titre au bouquin.

Elle reposa le bouquin, songeuse. À n'en pas douter on frôlait la réalité. Un type bien documenté, ce Marcel Prost. Cependant s'il n'y avait pas eu ces coups de téléphone, personne ne se serait alarmé de ces coïncidences. Les aurait-on seulement remarquées ?

Mary prit une feuille de papier et entreprit de mettre de l'ordre dans les notes griffonnées en cours de lecture. Elle y réfléchit en revenant sur les pages qui l'avaient frappée et qu'elle avait cornées pour les retrouver facilement.

Enfin elle se leva, se rhabilla et s'en fut faire quelques courses.

☆

Le lendemain matin, elle attendit dans le hall du commissariat la venue de son patron qui arriva à neuf heures sonnantes, toujours élégant et plus sémillant que jamais. Après le coup d'œil traditionnel à la main courante pour connaître les événements de la nuit, il emprunta l'escalier qui menait à son bureau en faisant signe à Mary Lester de le suivre.

Il lui montra la chaise de la main et accrocha son chapeau à la patère de bois verni en chantonnant, contourna son bureau d'un pas vif et demanda à Mary sur un ton enjoué :

– Eh bien, jeune fille?

Elle le complimenta :

– Vous avez l'air en pleine forme, patron.

– Oui, dit-il allègre, il y a des jours comme ça… Ça doit être le soleil…

– On dirait que vous avez eu de bonnes nouvelles.

Il protesta :

– Non, bien le contraire! Ma belle-mère, la pauvre femme, le col du fémur, vous savez ce que c'est… Une crotte de chien mal placée et paf…

Il fit de la main un geste qui pouvait assez bien représenter l'éclatement d'une belle-mère sur un trottoir, en s'efforçant de prendre un air contrit.

– C'est terrible tout de même… À quatre-vingt-trois ans... Ma femme a dû partir à son chevet, je l'ai mise au train à sept heures...

Mary retenait un fou rire qui montait irrésistiblement. Il était trop drôle, le patron, un collégien à la veille des vacances.

Aussi hypocrite que lui elle demanda :

– Vous ne l'avez pas accompagnée?

Le festival d'hypocrisie se poursuivait :

– Je ne peux pas, Lester, pas en cette saison, avec tous ces touristes qui débarquent...

– C'est sûr, patron, en cette saison...

Il n'avait pourtant pas hésité, l'an passé, à filer à Saint-Quay-Portrieux en plein cœur de l'été.*

Elle réussit à maîtriser son fou rire et posa le roman policier sur le bureau du commissaire :

– Vous avez lu, patron?

– Ah oui, oui, bien sûr...

Il pensait à tout, sauf à ce fichu bouquin, à ces jours, ces semaines peut-être de liberté pendant que sa femme serait au chevet de sa vieille mère. Il s'en tapait, de « l'aube du troisième jour », le commissaire Fabien. La liberté avec un grand L lui tendait les bras, alors le reste...

Il parvint à revenir aux affaires et demanda à Mary :

– Eh bien, votre sentiment?

– Ça ressemble toujours autant à un canular, dit Mary.

– Oui n'est-ce pas? C'est bien ce que je pense...

Il n'était pas contrariant aujourd'hui. Mary se dit que madame Fabien aurait dû partir dans le Sud-Ouest s'occuper de sa vieille mère un peu plus souvent.

* voir *Roulette russe pour Mary Lester*

– À moins que… dit-elle.

– À moins que ? reprit le commissaire en écho.

– À moins que le coup de téléphone n'émane d'un des lecteurs qui ait vu là le moyen de faire une blague aux organisateurs du Festival.

– Pourquoi pas ? dit le commissaire.

Visiblement, il était ailleurs. Il imaginait, lui, toutes sortes de choses agréables bien éloignées de Carhaix, de son festival, de ses problèmes. Ça se voyait dans ses yeux.

Il se mit à rire :

– Si c'est le cas, le gaillard aura réussi au-delà de toute espérance. Vous auriez dû voir la tête du maire, du président ! Ah, ça valait le coup d'œil !

– Ça sera beaucoup moins drôle, dit Mary, si ce n'est pas un canular.

Le commissaire se rembrunit :

– Comment… Comment si ce n'est pas un canular ? Que voulez-vous dire, lieutenant ?

Ça y est, il me donne mon grade, se dit Mary. J'ai dû le contrarier.

– Écoutez, patron, c'est tout de même la préfecture qui vous a invité à rencontrer ces messieurs ?

– Et alors ?

Revenant aux réalités, le commissaire se rembrunit encore davantage.

– D'ordinaire le préfet ne se manifeste pas pour rien.

– Vous voulez dire que…

– Je veux dire qu'il faut prendre la chose au sérieux.

– Mais je la prends au sérieux, Lester, je vous défends d'en douter. D'ailleurs, vous allez vous rendre à Carhaix, vous allez voir ces gens du festival, vous allez me tirer ça au clair !

– Bien, patron.

Il ajouta :

– Je sais que je peux compter sur vous !

Elle redit docilement :

– Bien, patron.

– Vous savez ce que vous avez à faire ?

– Pas encore, mais je verrai sur place.

– C'est ça. Et rendez-moi compte.

Elle sourit :

– Comme d'habitude, patron.

Il la congédia d'un geste de la main droite plus que désinvolte, la gauche était déjà posée sur le téléphone. À qui donc était-il si pressé de téléphoner ?

CHAPITRE III

Mary avait contacté France, l'attachée de presse du festival, celle-là même qui avait reçu les coups de téléphone et qui, après avoir lu le roman, s'en était alarmée.

À présent elle roulait à bord de sa Twingo vers Carhaix, cette très ancienne ville du centre Bretagne qui avait été capitale au temps des Romains, où elle ne se souvenait pas d'être venue. Les Finistériens sont ainsi faits : leurs promenades les mènent plus souvent vers la mer que vers la Bretagne rurale.

Pourtant Carhaix était une aimable petite cité de caractère qui n'avait rien à envier aux stations de la côte. Elle avait même son port sur les bords du canal de Nantes à Brest, un port fluvial qui avait connu, avant le développement du rail et de la route, une activité intense.

Maintenant il n'y avait plus ni péniches ni chalands sur le canal. Les maisons éclusières étaient devenues des résidences secondaires et sur les chemins de halage on faisait du VTT ou de la randonnée à pied.

Il y avait toujours des pêcheurs à la ligne et

quelques canoës sillonnaient les flots calmes du port de Carhaix.

Elle ralentit, retrouvant avec plaisir la sérénité de ces eaux intérieures, cette quiétude qui l'avait si fort impressionnée lors de son enquête au château de Trévarez*. Les délicats feuillages des trembles et des peupliers frissonnaient à la moindre brise thermique et des familles entières pique-niquaient près de leurs cannes à pêche plantées sur les berges herbues.

Quittant la voie fluviale, la route, taillée dans du roc au long de taillis épais, montait dur. Au loin, Carhaix s'annonçait.

Elle traversa la ville dans sa longueur avant de trouver le siège du Festival. L'office de tourisme était logé dans une merveilleuse demeure du XVIIe siècle qui avait magnifiquement résisté au poids des siècles. Le Festival des Vieilles Charrues, ou du moins sa partie administrative, était domicilié dans la même rue, presque en face du splendide hôtel particulier, dans un immeuble de béton caractéristique du mauvais goût architectural des bâtisseurs des temps modernes.

L'attachée de presse, une jeune femme souriante, mince et élégante, accueillit Mary avec chaleur.

– Je suis bien contente de voir qu'on a pris mes mises en garde au sérieux! Quand j'en ai parlé à notre président, il ne m'a pas crue.

– Pourtant, lui dit Mary, il a pris la peine d'avertir la préfecture et monsieur le préfet lui-même a pris les choses très au sérieux.

Elle ajouta :

– En confidence, je peux même vous dire - si j'en crois ce que m'a raconté mon patron - que le maire et le président semblaient assez alarmés lorsqu'il les a vus.

* voir *Le Manoir écarlate*

– Vous m'étonnez, dit l'attachée de presse, Patrick alarmé? Voilà qui serait nouveau! Il a créé ce festival en 1992 avec une bande de copains, un peu comme un défi à cette célébration du patrimoine maritime qui drainait à cette époque des foules formidables à Brest et Douarnenez. Le patrimoine maritime et la côte c'est bien joli, se sont-ils dit, mais le centre Bretagne n'est pas moins important. Pourtant, il est oublié, parfois même méprisé.

Au premier festival - mais peut-on appeler festival une assemblée de joyeux drilles amateurs de bière autour d'un orchestre? il y avait cinq cents spectateurs. Il eut lieu en 1992, en 1995 on enregistrait 10000 entrées payantes, en 1997, 40000 et 100000 en 1998. Qu'en sera-t-il cette année? Je n'en sais rien, on n'ose plus avancer de chiffre : 150000? 200000?

– C'est énorme, dit Mary. Je suppose que vous avez dû vous structurer et que le temps des copains est bien passé.

– Bien sûr que nous avons dû nous structurer. Mais contrairement à ce que vous pensez, l'équipe fondatrice est toujours là. C'est toujours le temps des copains et c'est, je crois, la force du festival : la simplicité, l'amitié. Ici on ne prend pas la grosse tête mais on fait tout sérieusement : le boulot comme la fête. Toute la ville, que dis-je, toute la région s'implique, cette année nous aurons 3700 bénévoles plus 300 professionnels, 2000 artistes...

Mary resta muette devant les chiffres annoncés, se demandant si elle ne rêvait pas. Tout ça pour une petite ville de 8000 habitants. C'était colossal, démesuré!

– Le festival, poursuivit France, s'étalera sur six jours au lieu de trois. Il y aura trois scènes au lieu d'une seule.

– La fête se passe en ville?

– En partie. Il y a des animations, des groupes de jeunes qui viennent jouer « off », mais le spectacle officiel a lieu depuis l'année dernière sur le site de Kerampuil, un peu à l'extérieur de la ville.

– Vous avez cité, dit Mary, un chiffre de 3700 bénévoles. C'est quasiment la moitié de la population de Carhaix.

– Oui, la fête bénéficie d'un fort soutien populaire, les communes d'alentour y participent aussi. Ce festival a fédéré tout un pays, une région qui se sentait abandonnée où l'emploi s'étrécissait comme une peau de chagrin. Ça a été pour des populations fières et pugnaces l'occasion de relever la tête, de dire: « attention, nous existons, nous voulons vivre et travailler ici car c'est notre pays ». Et les bénéfices de ces festivités sont redistribués à des organisations défendant l'identité et la langue bretonnes et par là même, l'emploi et la vie dans notre région.

– Ça ne doit pas plaire à tout le monde, dit Mary.

– Non, répondit France. Et surtout pas aux politiques, partisans d'un jacobinisme exacerbé qui préfèrent régner sur des peuples sans caractère.

Mary se garda de sourire devant cette ardente profession de foi :

– Dans ce contexte, votre prénom n'est-il pas trop lourd à porter?

– Je ne suis pas responsable de mon prénom.

La réponse était sèche. Elle n'en était certainement pas responsable, mais si elle avait été consultée, ça n'était pas celui-là qu'elle aurait choisi.

Mary préféra parler d'autre chose.

– Vous m'avez parlé de trois mille sept cents bénévoles.

– En effet.

– Pourquoi une telle armée?

France sourit à son tour :

– L'an dernier, en trois jours nous avons vendu huit tonnes de frites, 40 000 baguettes de pain, 20 000 crêpes, 25 000 salades composées avec 1 354 bénévoles. Cette année, le festival durera deux fois plus longtemps et, compte tenu de la dynamique du succès, il est probable que nous dépasserons largement les 100 000 visiteurs dont plusieurs milliers resteront pendant toute la durée du festival. Pour qu'une telle concentration ne pose pas de problème, il faut que les gens aient leurs aises, qu'ils n'aient pas faim, qu'ils n'aient pas soif, qu'ils n'aient pas peur. Nous gérons toute la restauration, le terrain de camping, les parkings. Les trois cents professionnels recrutés pour la circonstance sont, pour la plupart, des agents de sécurité chargés de protéger les personnes et les biens. Nous avons un terrain de camping de 10 hectares et des parkings d'une contenance totale de 15 000 places attenants au site…

Elle regarda Mary, fière de cette impressionnante litanie :

– Que puis-je vous donner comme autres renseignements?

– Je ne sais pas, dit Mary, à vrai dire tous ces chiffres me flanquent le vertige. J'imagine assez mal ce que ça peut représenter.

– Il faudrait que vous veniez, dit France. Je vous

donnerai une invitation. Vous avez lu le fameux livre ?

– Oui.

– Qu'en pensez-vous ?

Mary fit la moue.

– Je ne sais pas. La première idée qui vient à l'esprit est qu'il s'agit d'un canular.

– En effet, dit France, c'est bien ce qui nous est venu à l'idée de prime abord.

– Et puis à la réflexion reprit Mary, on ne peut s'empêcher de penser que ça pourrait être sérieux et on s'imagine ce que pourrait être une panique provoquée parmi une telle foule.

– D'autant, dit l'attachée de presse, que nous avons un public très mélangé. Des jeunes bien sûr, mais aussi des grands-mères et leurs petits-enfants… Il n'y a rien de plus incontrôlable qu'une foule prise de panique.

– Ouais, dit Mary, c'est une hypothèse qu'on ne peut écarter.

Elle eut soudain une idée :

– Dites-moi, la programmation d'une telle manifestation doit être un travail considérable.

– En effet. Il faut s'y prendre très tôt pour que les artistes soient libres à la date choisie.

– Quand est-elle arrêtée ?

– Début mars tout est à peu près bouclé.

– Quand est-elle rendue publique ?

– Fin avril, au cours d'une conférence de presse.

– Pourquoi si tard ?

– D'abord il faut que tous les contrats soient signés. Ensuite, si on s'y prend trop tôt, l'intérêt retombe. À partir de l'annonce officielle à la presse commence la montée en puissance de la publicité qui est donnée au festival. Ça c'est mon boulot.

– D'accord, dit Mary. Donc, avant disons le 30 avril, la programmation est toujours secrète ?

– Top secret, confirma France.

– Qui est au courant ?

– Eh bien, les programmateurs bien sûr, Jean-Marc et Philippe-Henri... Ensuite, le conseil d'administration et puis les permanents.

– Ça en fait du monde !

– Oui.

– Il n'y a jamais de fuites ?

L'attachée de presse regarda Mary curieusement. Où voulait-elle en venir. Elle répondit lentement :

– Non. Il n'y a jamais eu de problème de cet ordre.

– Alors, comment expliquez-vous que toute votre programmation figure dans *À l'aube du troisième jour* ?

– Nous sommes début juillet, dit-elle en fronçant les sourcils. Pourquoi...

– C'est un bouquin, dit Mary en montrant l'ouvrage, pas un journal. Il n'a pas été imprimé hier ! Il y a, sur la dernière page, la date du dépôt légal.

Elle lui mit la page sous le nez :

– Regardez, il y a écrit : « dépôt légal 2e trimestre 1999 ». Ça veut dire que ce bouquin a été imprimé entre avril et mai, puisqu'en juin il était déjà en librairie. Or avant de le mettre en librairie, il a fallu l'imprimer, et avant de l'imprimer il a fallu l'écrire. Je vous passe les travaux de correction, de mise en page qui prennent du temps, je gage que le type qui a écrit ça l'a fait entre mars et avril.

– Et alors ?

France ne comprenait pas où Mary voulait la mener.

– Et alors ? Et alors ça signifie que ce Marcel Prost - puisque c'est sous ce nom qu'il signe - a connu votre programmation en même temps que votre association.

– Vous voudriez dire... fit France effrayée par l'énormité de ce qu'elle découvrait.

– Que Marcel Prost est quelqu'un du comité, première hypothèse, ou que quelqu'un du comité lui a fourni les indications. Seconde hypothèse. Il n'y a pas à sortir de là.

France, le visage soucieux, concentrée, réfléchissait les yeux fixés sur son bureau.

– Il y a une troisième possibilité, dit-elle enfin.

– Ah ? dit Mary intéressée, laquelle ?

– L'informatique. Nous sommes connectés au réseau. Quelqu'un peut avoir forcé nos codes et s'être introduit dans les fichiers.

– Zut ! dit Mary déconfite. Je ne pense jamais à ces foutues machines ! C'est pourtant vrai, tous les gamins de la planète s'amusent à pénétrer les fichiers de nos jours. Et bien souvent ils y arrivent.

– Ce qu'un gamin peut faire, dit France, un adulte peut le faire aussi.

Elle regarda Mary :

– Franchement, je ne vois pas un membre du conseil d'administration vendre la mèche ! Avoir la langue un peu trop longue au cours d'une soirée bien arrosée, soit, mais la programmation prend plusieurs pages de listing. Quelque deux cents artistes, ce n'est pas rien !

Mary réfléchissait. Elle dit à mi-voix :

– Il y a pourtant bien quelqu'un qui doit le connaître, ce Marcel Prost !

– Qui donc ? demanda France Thomas.

– Son éditeur, pardi ! Je vais aller lui toucher deux mots, à celui-là !

CHAPITRE IV

Une boutique à la vitrine poussiéreuse dans une petite rue de Landerneau et, peinte sur la porte vitrée en caractères craquelés par le temps, la raison sociale de la maison : Éditions du Trébuchet, adornée d'un petit dessin rappelant que ce trébuchet-là était une délicate balance de précision autrefois en usage chez les apothicaires, et non le piège pour les petits oiseaux ou la machine de guerre faite pour démanteler les murailles des places fortes.

En montre derrière la vitrine, des ouvrages, tous édités par la maison. Certains devaient être là depuis fort longtemps car les couvertures s'étaient décolorées à la lumière et certaines bâillaient comme des huîtres échouées sur une grève un jour de grand soleil.

Seul le dernier bouquin paru, *À l'aube du troisième jour*, avait encore belle allure. Il est vrai qu'il n'était là que depuis fort peu de temps.

Mary regarda derrière la vitre. Il y avait un bureau métallique sur lequel était posée une machine à écrire qui aurait enchanté Chester Himes et, aux murs, des étagères couvertes de livres, des affiches défraîchies annonçant des salons littéraires passés depuis longtemps.

La porte était munie d'un bec-de-cane, comme dans les boutiques autrefois ; quand elle l'ouvrit, elle déclencha le tintement d'un mobile métallique suspendu au plafond.

La pièce, basse de plafond, pouvait faire dix mètres sur cinq. Au sol, un plancher de châtaignier usé par un siècle d'existence où les nœuds du bois saillaient comme des verrues, au-dessus des têtes de grosses poutres blanchies à la chaux en des temps anciens... Seule concession au vingtième siècle, un tube de néon jauni clignait spasmodiquement.

L'air sentait le vieux papier, la vieille encre, la vieille poussière ; pas désagréable d'ailleurs, mais c'était une odeur surannée, surannée comme l'était cette maison haute seulement d'un étage, comme l'était aussi cette rue étroite pavée de grès où deux voitures ne pouvaient passer de front.

Une femme apparut, silencieuse, sortie d'une embrasure dissimulée derrière des étagères.

– Vous désirez ?

Encore une formule qui n'avait plus cours. Vêtue de noir des pieds à la tête, elle pouvait avoir entre soixante et quatre-vingts ans. Toute estimation plus précise eût été hasardeuse. Une petite tête couverte de cheveux gris coiffés en chignon, un nez pointu de musaraigne chaussé de petites lunettes rondes qui protégeaient des yeux en bouton de bottine, noirs, inquisiteurs, un bréchet de libellule couvert d'un châle mauve sur un train arrière de bœuf culard.

C'était quasiment une femme triangulaire qui allait en s'évasant vers le bas.

Avant que Mary ait pu répondre, un nouveau venu apparut par cette même porte invisible dans la muraille.

– Qu'est-ce que c'est, Bernadette ?

On ne sortait pas de la géométrie dans cette maison : une sorte de boule toisait Mary en penchant la tête pour regarder par-dessus ses verres en demi-lune. Ou plutôt deux boules superposées, une très grosse et une très petite d'où sortait une voix de fausset. Était-ce l'énormité de son corps qui lui faisait cette tronche de microcéphale ? Voire ! en tout cas, le résultat était surprenant.

– Un renseignement, dit Mary.

– De quel ordre ?

Le ton était déplaisant, méprisant. Le regard de l'éditeur se fit scrutateur, il toisa Mary des pieds à la tête avec une insistance gênante puis, examen fait, il ordonna :

– Venez par ici.

Ce type aimait commander et avait l'habitude qu'on lui obéisse sans atermoiements.

Mary le suivit tandis que la vieille allait poser son postérieur pachydermique derrière l'Underwood antédiluvienne.

La pièce où elle entra était sensiblement de la même taille que celle qui donnait sur la rue. Seulement, sur la porte, il y avait une plaque de cuivre gravé : « Direction » avec un D majuscule en anglaise calligraphiée avec pleins et déliés. On annonçait la couleur avec les formes d'un autre siècle.

Le directeur, il fallait bien l'appeler ainsi puisqu'il occupait le bureau de la direction, était un sexagénaire obèse et rougeaud, aux cheveux rares, qui mangeait trop, buvait trop, fumait trop. Ça se voyait à ses doigts jaunis de nicotine et au cendrier rempli de mégots mâchouillés de Boyards maïs. La pièce, imprégnée d'odeur de tabac, ne devait pas être aérée tous les jours.

Comme chez les notaires ou les avocats, la porte du bureau était capitonnée en vieux cuir craquelé et, quand Mary fut assise, le bonhomme s'en vint la fermer soigneusement. Puis il reprit sa place derrière son bureau empire, dernier vestige d'une splendeur enfuie.

– Que puis-je pour vous, mademoiselle…

– Lester, dit Mary.

– Journaliste ?

– Non.

Le ton était très maniéré et la réponse négative de Mary parut le décevoir. Elle sortit le bouquin de sa poche et le posa sur le bureau :

– Je suis venue pour ça.

L'éditeur leva les sourcils. Ses doigts tachés de nicotine jouaient avec une boîte d'allumettes.

– Ah, je vois…

– J'ai été surprise de trouver un roman policier dans vos collections. Si j'en juge par ce que j'ai vu en vitrine, vous êtes plutôt spécialisé dans l'ésotérisme…

– Tout à fait, dit le bonhomme d'un air satisfait. L'ésotérisme et le légendaire breton.

Toujours cette déplaisante voix de châtré…

– Là, vous vous en éloignez, dit-elle.

– C'est vrai, concéda le bonhomme avec emphase, mais au jour d'aujourd'hui le frivole l'emporte sur le sérieux et les collections policières ont la faveur du public.

Il soupira avec regret :

Il faut bien vivre avec son temps. J'ai donc décidé d'élargir mon créneau dans cette direction.

Mary regarda la pièce, presque entièrement aveugle, qui ne prenait le jour que par une étroite fenêtre donnant sur une cour sombre. Il était temps d'élargir, en effet, mais pas seulement le créneau, tout était à élargir, à commencer par cette fenêtre, il était grand temps d'aérer tout ça! Elle repensa à la vieille musaraigne à l'arrière-train d'éléphant qu'on entendait - malgré la porte matelassée - taper sur sa machine hors d'âge…

– C'est intéressant, dit-elle, sans préciser ce qui l'intéressait particulièrement.

– Tout à fait, dit le gros sans se mouiller davantage.

Il l'examina de nouveau par-dessus ses lunettes de myope.

– Peut-être avez-vous un manuscrit à nous présenter?

Après l'avoir prise pour une journaliste, voilà qu'il optait maintenant pour un écrivain débutant en quête d'éditeur.

– Je ne suis pas encore prête, je me renseigne.

– Je vois, dit-il d'un air entendu.

Son regard avait changé. Il regardait Mary comme une proie, un regard salace qui la mettait mal à l'aise. Était-ce l'atmosphère confinée de la pièce, le manque d'air? Tout à coup elle avait l'impression désagréable d'être un moucheron englué dans une toile d'araignée, et la grosse araignée était là tout près, la contemplant avec concupiscence. Elle inspira fortement et reprit son sang-froid.

– Vous avez un comité de lecture ? demanda-t-elle.

Le gros bonhomme émit un bruit bizarre, une sorte de rire bref, et la regarda comme si elle avait proféré une incongruité :

– Un comité de lecture ? Pour quoi faire ? Je ne suis pas un débutant, mademoiselle, dit-il en la toisant avec morgue. Nous sommes éditeurs depuis bientôt deux siècles. Notre maison est sans conteste la plus ancienne de Bretagne et je me targue de savoir reconnaître la valeur d'un manuscrit quand j'en ai lu dix pages.

Ce disant, il se rengorgeait comme un pigeon paon, plus rougeaud et plus ridicule que jamais.

– Vous avez donc trouvé des qualités littéraires à cet ouvrage ? demanda Mary en montrant *À l'aube du troisième jour*.

Il répondit évasivement :

– Ça dépend de ce qu'on entend par « qualités littéraires ». Le roman policier permet à l'auteur certaines licences, certaines libertés de style, de syntaxe qui seraient mal perçues dans des romans de la collection blanche.

Ma parole, se dit Mary, il se prend pour Gaston Gallimard ! Que dis-je, il se croit très au-dessus… Gaston, lui, s'appuyait sur un comité de lecture.

Trébuchet prit le livre, le caressa, en fit complaisamment tourner les pages. Puis il le reposa et, gardant la main droite dessus, il demanda :

– Vous avez aimé ?

La question ainsi formulée n'appelait qu'une réponse positive.

– Ça m'a intéressée, et intriguée, dit-elle, sans se mouiller.

Il la regarda dans les yeux comme s'il voulait lui transmettre sa conviction :

– Croyez-moi mon petit, c'est un bouquin qui va faire du bruit !

« Mon petit », elle baissa les yeux pour qu'il ne voie pas l'éclair qui alluma un instant son regard. Mais il était ailleurs, perdu dans des rêves de gloire :

– Avec ça, nous allons avoir une couverture médiatique maximum.

– Je vous le souhaite, monsieur…

Il la regarda avec curiosité :

– Vous ne connaissez pas mon nom ?

– Non, je connais vos éditions…

– Eh bien c'est le même !

– Trébuchet ?

– Oui. La mère de Victor Hugo, Sophie, était une Trébuchet, de la branche nantaise d'où venaient également mes ancêtres.

Mary eut l'air impressionnée. Un type qui appelait la mère de Victor Hugo par son prénom, ça n'était pas de la petite bière !

– Mes compliments !

Le bonhomme inclina la tête comme s'il saluait, fier de son lignage et de son « cousin » Victor.

– Ceci étant, dit Mary, j'aurais voulu rencontrer ce monsieur Marcel Prost.

Monsieur Trébuchet se rencogna dans son siège :

– Vous aussi ?

– Il est très demandé ?

– Assez, en effet. Je vous l'ai dit, c'est un bouquin qui va faire du bruit.

– Alors, comment fait-on pour le voir ?

– On ne le voit pas.

C'était catégorique. Ses doigts dodus tapotaient en cadence le bois de son bureau. Il toisait Mary comme s'il était fier de ce pouvoir qu'il avait de dire non.

– C'est curieux cette discrétion, dit Mary, d'ordinaire les auteurs cherchent un maximum de publicité, c'est ce qui fait vendre, je crois ?

– Tout à fait. Mais ce n'est pas le cas de Marcel Prost, dit-il ravi.

Il posa sur Mary un regard inquisiteur, cherchant à la deviner :

– Pourquoi cet auteur vous intéresse-t-il particulièrement ?

– Pour ce qu'il écrit, justement. Voyez-vous, monsieur Trébuchet, je ne suis pas journaliste, je n'ai pas de manuscrit à vous soumettre, je suis simplement lieutenant de police.

Elle avait dit ça d'une voix douce de petite jeune fille bien élevée, si bien que la boule crut à une plaisanterie.

Alors elle sortit sa carte de sa poche et la présenta au bonhomme médusé. La bouche de Frantz Trébuchet ne faisait plus qu'un trait livide dans son visage écarlate, ses petits yeux méchants fixaient Mary Lester. Il prit un mouchoir dans sa poche et s'épongea le front.

– La police, mais pourquoi ?

– Pour ce qui est écrit là-dedans, monsieur Trébuchet.

– Ce n'est qu'un roman !

– Certes, mais un roman qui raconte dans ses

moindres détails un crime à venir. Supposez que quelqu'un s'en inspire et qu'il passe à l'acte, vous pourriez fort bien être inculpé de complicité !

Il eut un geste d'agacement, sa main droite balaya l'air devant lui :

– Quel crime ? Il n'y a pas de morts dans cet ouvrage que je sache.

Ce fut au tour de Mary Lester d'émettre un petit rire :

– Un lettré comme vous doit bien savoir qu'il n'est pas nécessairement besoin de cadavre pour qu'il y ait crime. Ce mot désigne toute violation grave de la loi et en matière de droit, toute infraction passible de la cour d'assise. Le kidnapping en fait partie.

– Et alors ? je n'ai fait que l'éditer, moi, ce bouquin !

Il ouvrit l'ouvrage et montra à Mary quelques lignes imprimées en petits caractères et lut à voix haute : « Toute ressemblance avec des personnes, des firmes, des situations existantes ou ayant existé ne saurait être que le fait du hasard… »

Il regarda Mary d'un air de défi :

– Alors ?

Il reposa le bouquin devant lui et ajouta :

– Juridiquement nous somme inattaquables.

– Je connais la formule, dit-elle, et sans vouloir entamer un débat sur le sujet, il y a des précédents. Une maison qui avait publié un ouvrage sur le suicide, je crois, a été inquiétée.

Trébuchet balaya l'argument :

– C'était dans un tout autre contexte !

– Soit, dit Mary, je vous ai dit que mon propos

n'était pas de polémiquer à ce sujet. Cependant, s'il se passait quoi que ce soit qui ressemble un tant soit peu à ce qu'on raconte là-dedans au Festival des Vieilles Charrues, la justice ne manquerait pas de vous demander des comptes.

– Pff, fit-il avec mépris, qu'est-ce qu'on pourrait retenir contre moi ? Rien ! Ça ferait de la pub pour mon bouquin, c'est tout !

Le salaud, pensa-t-elle, il ne voit là-dedans que le profit qu'il pourrait en tirer !

Elle lut dans ses petits yeux porcins une lueur de triomphe. Oui il savait ce que ça pouvait provoquer : une publicité monstre ! Le prix, le sang, les victimes éventuelles, il s'en fichait bien. Les victimes, ce n'était pas son affaire. Tout ce qu'il voyait, c'est qu'on allait parler de lui, de sa maison d'édition et qu'il allait vendre son bouquin par dizaines de milliers et que lui, Frantz Trébuchet, le petit cousin de Victor Hugo, allait, le temps d'un événement, devenir célèbre.

Mary repensa à la formule d'Andy Warhol : « Tout le monde sera célèbre quinze minutes ». Le quart d'heure de célébrité de Trébuchet arrivait. Il l'attendait depuis un demi-siècle et n'entendait pas s'en laisser frustrer.

– Vous connaissez ce Marcel Prost, dit-elle.

Ce n'était pas une question. Derrière les lunettes, les petits yeux enchâssés dans la graisse du visage avaient changé d'expression, un regard bleu et dur l'examinait sans ciller.

– Et quand bien même, dit-il sur un ton de défi. Le secret professionnel, ça existe mademoiselle.

– Vous préférez que je fasse perquisitionner ?

demanda-t-elle. Je le trouverai bien, votre auteur fantôme.

Il ricana :

– Une perquisition ? Pour quel motif? Voilà qui intéresserait mon avocat !

Mary se mordit les lèvres, le bonhomme avait raison. Il n'y avait pas motif à perquisition, il n'y avait même pas matière à l'inculper de quoi que ce soit. Et il le savait.

À présent, il en rajoutait. Il se leva, faisant de grands gestes :

– Et après tout, s'il vous plaît de perquisitionner, allez-y ! Je vous y autorise. Vous ne trouverez rien sur Marcel Prost car je ne le connais pas. Croyez-moi si vous voulez, son manuscrit m'est parvenu par la poste avec une lettre d'accompagnement indiquant qu'il souhaitait être publié dans les meilleurs délais, qu'il renonçait à tous droits d'auteur et qu'il payait les frais d'impression du bouquin.

Et comme Mary le regardait d'un air sceptique, il glapit de sa voix de fausset :

– Bernadette, Bernadette, apportez-moi le dossier Marcel Prost !

La secrétaire se fit attendre quelques instants, puis elle déposa une chemise bleu clair sur le bureau de Frantz Trébuchet :

– Voilà, monsieur Frantz.

Au passage elle jeta un regard hostile à Mary.

Trébuchet ouvrit la chemise et en sortit un feuillet.

– Tenez !

– Mary le prit et lut :

Monsieur,

Je vous prie de trouver ci-joint un manuscrit intitulé « À l'aube du troisième jour » avec sa disquette informatique.

Je souhaiterais que votre maison édite et diffuse cette œuvre telle qu'elle est écrite, sans modifier ce texte en quoi que ce soit.

Si vous acceptez, je m'engage :

1 - à renoncer à tous droits d'auteur,

2 - à vous verser cinquante mille francs pour vos frais de réalisation de l'ouvrage de la manière suivante : vingt-cinq mille francs dès réception de votre accord que vous voudrez bien adresser à Marcel Prost, 35, rue de la Rade à Brest ; vingt-cinq mille francs dès que l'ouvrage sera en librairie.

Une prompte réponse m'obligerait.

Signé : M. P.

Le texte avait été tapé sur un traitement de texte, sorti sur une imprimante sur un papier sans en-tête, sans date, avec pour toute signature ces deux lettres : « M. P. »

Elle regarda l'éditeur. Il suait de plus en plus et semblait avoir du mal à respirer.

– Vous avez accepté?

– Pourquoi aurais-je refusé, demanda-t-il hargneux. Cinquante mille francs, ça ne se trouve pas comme ça!

Il s'épongea le front une nouvelle fois et regarda son mouchoir trempé avant de le remettre dans la poche de sa veste de tweed.

– Et vous avez reçu l'argent?

Son visage se renfrogna. Ça ne devait pas s'être passé comme il l'avait espéré.

– J'ai reçu vingt-cinq mille francs en billets de deux cents francs usagés, dans une de ces enveloppes matelassées que les PTT vendent toutes affranchies pour expédier les livres.

Mary s'étonna :

– C'est légal de recevoir de telles sommes en espèce ?

– Légal, légal, glapit le gros bonhomme, est-ce que je sais moi ? Vous êtes fonctionnaire, vous, c'est facile, vous touchez votre chèque à la fin du mois. Dans le privé l'argent ne rentre pas aussi aisément. Quand le percepteur m'envoie sa note, il faut bien que je le trouve, le fric. Et puis j'aime mieux des espèces que des chèques en bois ! D'ailleurs, je l'ai déclarée, cette rentrée, il fallait bien que je paye l'imprimeur.

Il semblait regretter fort de n'avoir pas pu le garder.

– Et le second versement ?

Il se renfrogna plus encore :

– Je l'attends.

– Vous croyez que vous allez le recevoir ?

La petite boule de sa tête s'enfonça dans la grosse boule de son corps. Ça devait être sa façon de hausser les épaules. Sa bouche se pinça en un rictus mauvais et il ne répondit pas.

Mary sourit, ravie : Frantz Trébuchet s'était fait arnaquer. Il pouvait toujours les attendre, les autres vingt-cinq mille balles ! Il lut ça dans son regard et s'emporta :

– Oh, vous pouvez bien rigoler, ce n'est pas drôle !

Elle feignit la compassion :

– Que voulez-vous, on vit dans un monde malhonnête. Tout fout le camp, mon pauvre monsieur Trébuchet, le sens de l'honneur est perdu…

Il la regardait par en dessous, se demandant si c'était du lard ou du cochon.

– À combien d'exemplaires avez-vous tiré ?

Il hésita puis dit avec réticence :

– Deux mille.

– Chez quel imprimeur ?

Trébuchet s'emporta :

– Je suis vraiment obligé de répondre à toutes ces questions ?

– Non, dit Mary tranquillement, mais de toute façon, je le saurai.

Le gros bonhomme la regarda avec rancune, sachant bien que c'était vrai, puis il lâcha à regret :

– Arts Graphiques, à Spézet.

– Je vous remercie de votre compréhension, monsieur Trébuchet, dit-elle. Il vous sera tenu compte de votre bonne volonté.

– Tenu compte comment ? balbutia le gros homme en s'épongeant le front une nouvelle fois.

– S'il y avait un dérapage au Festival, par exemple.

– Je n'y serai pour rien ! dit-il trop vite.

– On verra ça. À propos, je vois, vous n'êtes pas informatisé, comment avez-vous pu savoir que le texte de la disquette était le même que celui qui vous était proposé sur manuscrit ?

– Mon imprimeur m'en a fait un tirage.

– Et c'était le même texte ?

– Je n'ai pas fait de pointage mot à mot, mais en gros c'était la même chose. Le manuscrit était bien corrigé, et, comme me l'avait demandé Marcel Prost, je n'y ai pas changé une virgule.

– Quand avez-vous reçu le manuscrit ?

– Fin avril.

Mary compta mentalement. C'était juste ce qu'elle avait prévu : Marcel Prost avait été avisé de la programmation du Festival en même temps que les membres de l'association.

Elle se leva, songeuse.

– Merci monsieur Trébuchet. Il se pourrait que je revienne vous voir…

Mary sortit de la boutique dans un tintinnabulement métallique qui lui rappela la petite boutique où elle allait autrefois acheter des bonbons en sortant de l'école, sous le regard aigu de la vieille secrétaire dont on ne voyait que la partie maigre, pardessus les ferrailles noires de son anachronique machine à écrire. Elle retrouva l'air libre et la caresse du soleil avec grand plaisir.

Cinq heures venaient de sonner, peut-être avait-elle le temps de passer chez Arts Graphiques ?

CHAPITRE V

Mercredi 7 juillet.

Le commissaire Fabien respirait la joie de vivre. Le célibat lui réussissait.

– Et comment va madame votre belle-mère? lui demanda fort civilement Mary.

– Aussi bien que possible, je vous remercie. Elle est à l'hôpital de Pau et les chirurgiens parlent de lui faire une prothèse de hanche.

– Excellent, approuva Mary. Il paraît qu'après cette opération, les paralytiques deviennent ingambes et trottent comme des lapins.

– On verra ça, dit le commissaire sur le ton dont il aurait dit : « parlez pas de malheur! »

Visiblement, il n'était pas pressé de voir belle-maman retrouver ses jambes de jeune fille. La situation telle qu'elle était en ce début de belle journée d'été semblait être à sa convenance.

– Alors, vous êtes allée à Carhaix.

Le ton était redevenu professionnel, le commissaire souhaitait changer de sujet.

– Oui patron. J'ai rencontré l'attachée de presse du festival qui m'a donné tous les renseignements utiles. Mais c'est une sacrée machine que ces Vieilles Charrues!

– Je vous l'avais dit !

– Savez-vous qu'ils envisagent deux cent mille visiteurs cette année ?

– C'est le chiffre qu'ils vous ont donné ?

– Pas tout à fait. Ils sont prêts à les accueillir. Toutes les dispositions sont prises. C'est très impressionnant. Par ailleurs, je me suis intéressé à monsieur Trébuchet.

– Qui est ce monsieur ? demanda Fabien.

– L'éditeur de cet impérissable chef-d'œuvre.

Mary sortit à nouveau le roman policier de sa poche.

– J'ai voulu savoir qui était ce Marcel Prost.

– Et alors ?

– Rien à faire.

– L'éditeur a refusé de répondre ?

– Mieux que ça, il n'en sait rien.

– Il s'est moqué de vous. Il ne peut pas ignorer qui sont les auteurs qu'il édite, voyons !

– C'est ce que je croyais, patron, mais en insistant un peu, ce brave monsieur Trébuchet a accepté de me montrer le dossier « Marcel Prost ».

– Et alors ?

– Il prétend avoir reçu le manuscrit par la poste avec sa disquette informatique...

– Et ce brave monsieur Trébuchet a aussitôt accepté de publier *À l'aube du troisième jour* ? Voyons, Mary, nous sommes en plein conte de fées ! Quand on sait la difficulté qu'il y a à se faire éditer...

Elle ironisa :

– Vous avez essayé ?

Le commissaire haussa les épaules :

– Ne dites donc pas de bêtises !

– Erreur, patron, rien de plus facile que de se faire éditer!

Et comme Fabien la regardait avec des yeux ronds, elle ajouta :

– Il suffit de payer!

– Payer quoi?

– L'édition, pardi!

Fabien haussa de nouveau les épaules :

– Il n'y a pas un éditeur sérieux qui accepterait ce marché!

– Eh bien alors il suffit d'en trouver un pas sérieux!

Et elle ajouta après un temps de silence :

– Et impécunieux.

– Ah! dit Fabien, et monsieur Trébuchet appartient à cette catégorie?

– Assurément. Monsieur Trébuchet est une outre bouffie de courants d'air et de suffisance. Si le prince de Bénévent l'avait connu, il lui aurait appliqué sans hésiter la formule qu'il avait créée pour ce petit jean-foutre de Jérôme Bonaparte : « Souvent insuffisant, toujours suffisant ».

– Le prince de quoi? demanda le commissaire les sourcils froncés.

– Talleyrand, également connu comme évêque d'Autun. Vous connaissez?

– Euh... j'ai dû voir ça dans les mots croisés, dit-il prudemment.

Puis fixant Mary :

– Quel rapport avec ce Trébuchet?

– Aucun, patron, aucun. Je disais ça pour l'anecdote. Talleyrand, lui, était supérieurement intelligent. Rien à voir avec Trébuchet.

– Ah bon, dit Fabien, vous me rassurez.

– Il est roué, cependant, dit Mary, mais je gage que sa trésorerie est aussi raplapla que l'escarcelle d'un Rmiste en fin de mois.

– Voilà qui est sévère!

– Vous n'auriez pas besoin de le voir longtemps pour comprendre. Monsieur Trébuchet vit encore au dix-neuvième siècle, sur les splendides vestiges d'une famille qui aurait été illustre en des temps bien reculés. Son père a fait ci, son grand-père a fait ça, et il ne lui faudrait pas plus d'un quart d'heure pour vous démontrer que, sans sa famille, la Bretagne en serait encore aux palimpsestes si ce n'est aux gravures rupestres. Et, si Gutenberg n'était pas si connu, il vous prouverait de même que c'est un Trébuchet qui a inventé l'imprimerie.

Le commissaire protesta en riant :

– Vous ne pensez pas que vous exagérez un peu?

– À peine, patron, à peine. Un homme descendant d'une lignée aussi illustre ne peut qu'être omniscient! Trébuchet n'a certes pas besoin d'un comité de lecture pour juger d'un texte : dix pages lui suffisent. Il prospère sur la matière bretonne comme des plantes vénéneuses sur la matière fécale. Sa secrétaire, qui a passé l'âge de la retraite d'une bonne douzaine d'années, tape toujours le courrier sur une Underwood qui devrait être au musée de l'industrie depuis un demi-siècle. Il faudrait être Balzac pour décrire le siège des éditions du Trébuchet. À part ça, ce monsieur est un velléitaire et un pétochard qui ne doit pas avoir les braies bien propres. Vous auriez vu sa tête quand j'ai sorti ma carte de police! J'ai cru qu'il allait avoir une attaque.

– Donc il a accédé à votre demande ?

– Ouais, de mauvaise grâce, certes, mais il m'a tout de même ouvert le dossier « Marcel Prost » qui est d'ailleurs fort mince. La pièce essentielle est une lettre d'accompagnement du manuscrit, lettre par laquelle ledit Marcel Prost renonce à tous droits d'auteur et promet à Trébuchet cinquante mille francs s'il édite son chef-d'œuvre dans les meilleurs délais.

– Cinquante mille francs ?

– Cinquante mille francs, que Trébuchet devait recevoir en espèces en deux envois : l'un à l'acceptation des clauses, l'autre à la mise en place du bouquin en librairie.

– Attendez, dit Fabien, vous avez parlé d'acceptation des clauses. Il a bien fallu que ce Trébuchet entre en contact avec son auteur pour lui signifier son acceptation.

– Oui, il lui a adressé un courrier dès réception du manuscrit...

– Où ça ?

– 35, rue de la Rade, à Brest.

– Eh bien voilà, dit Fabien triomphant, il suffit de...

– De rien patron, coupa Mary cavalièrement. Savez-vous ce qu'il y a 35, rue de la Rade à Brest ?

– Non.

– Un rade justement.

Fabien fronça les sourcils :

– Un quoi ?

– Un bistrot, si vous préférez, qui a pour enseigne « À l'île Molène ».

– Un bistrot ! répéta le commissaire l'air ahuri.

– Ouais, un bistrot où les marins en escale se font adresser leur courrier. Une sorte de poste restante où l'on ne demande pas de carte d'identité. J'y ai téléphoné hier soir, la barmaid m'a confirmé qu'elle recevait de nombreuses lettres. Quant à savoir qui vient les retirer…

Je lui ai demandé si elle connaissait Marcel Prost. Vous ne savez pas ce qu'elle m'a répondu ?

– Non, fit Fabien de la tête.

– Elle m'a demandé s'il s'agissait d'un coureur automobile.

Le commissaire sourit :

– À chacun ses références n'est-ce pas ?

– Ouais, n'empêche que la piste s'arrête là. Pas mal joué, hein ?

– En effet, dit Fabien songeur. Eh bien dites donc, vous n'avez pas chômé.

– Ce n'est pas tout, dit Mary. Hier soir, en rentrant de Landerneau, je suis passé par Spézet car c'est là que ce bon Trébuchet a fait imprimer et distribuer son ouvrage. J'en ai appris de belles sur le bonhomme !

– Allez-y, je m'attends au pire.

– Vous ne serez pas déçu ! Quand j'ai dit tout à l'heure qu'il était impécunieux, j'étais bien en dessous de la vérité. En réalité, il doit de l'argent à la moitié du département, et pas des petites sommes, croyez-moi ! Il est sur toutes les listes noires et personne ne veut plus travailler pour lui.

– Votre imprimeur l'a fait, pourtant !

– Parce que Trébuchet a payé d'avance. Et pas par chèque. Ce brave homme sait ce que vaut la signature du monsieur. Trébuchet est venu avec des espèces, sonnantes et trébuchantes, si j'ose dire, espèces qu'il avait reçues de Marcel Prost par courrier.

– C'est une façon de procéder plutôt inusitée.

– Tout est inusité dans cette histoire. On sort de nos délinquants habituels.

– Si délinquance il y a, dit le commissaire prudent. Rien ne le prouve encore.

– C'est vrai, concéda Mary. Mais pour en revenir à Trébuchet, ce n'est pas la première fois qu'il agit de la sorte. J'ai appris que lorsqu'il est sollicité par un écrivain en mal d'éditeur, il lui tient à peu près ce discours : « Je veux bien éditer votre ouvrage, il serait dommage qu'une œuvre de cette qualité reste dans les tiroirs, mais une telle réalisation coûte cher. » Il multiplie par quatre le coût réel de réalisation de l'ouvrage, puis il le divise par deux. Ainsi, pour un bouquin qui coûte vingt cinq mille francs à fabriquer, il annonce au candidat un prix de cent mille francs. Puis il annonce généreusement qu'il prend la moitié de ce coût à sa charge.

– C'est à dire cinquante mille francs, dit Fabien.

– Voilà. L'auteur désireux d'être édité doit trouver les autres cinquante mille francs.

– Je vois, dit Fabien. C'est un gros malin, ce Trébuchet. Sans avoir bougé le petit doigt, il a déjà vingt-cinq mille francs de bénéfice. Dites donc, ça frôle l'escroquerie, ça !

– Ça frôle, oui. Mais ça ne fait que frôler. Et ça n'est pas tout, patron. Ensuite, il vend les bouquins. Oh, il n'en vend pas des quantités, mais parfois un millier. Évidemment, il se garde bien de payer un centime de droits aux auteurs.

– Ils ne réclament pas ?

– Que si, mais monsieur Trébuchet a l'oreille sélective. Il y a des choses qu'il n'entend pas. Les demandes d'argent, par exemple, le heurtent très fort. Et quand les réclamations se font trop pressantes, lorsqu'il commence à voir les huissiers frapper à sa porte, il s'indigne, il monte sur ses grands chevaux et clame sa douleur sur tous les toits. Il se lamente sur l'ingratitude de ces inconnus que lui, Trébuchet, a fait connaître. Mais sans lui, que seraient-ils ces misérables plumitifs ? Rien ! Moins que rien ! Alors, grand seigneur, il met les invendus à la disposition de l'auteur. Et un beau jour notre écrivain trouve devant sa porte une palette ou deux de son ouvrage, dont il ne tirera pas un kopek, bien entendu. En plus d'être spoliés, les malheureux auteurs passent pour des salauds car il se trouve toujours des gogos - de moins en moins nombreux, il faut le dire - pour avaler comme pain bénit toutes les vilenies que Trébuchet peut débiter sur leur compte.

– Et personne ne l'attaque ?

– Oh, la chose ne doit pas être aisée ! Je n'ai pas vu les contrats, mais je suppose le bonhomme assez retors pour avoir ficelé tout ça au mieux de ses intérêts. Il peut toujours arguer que si les bouquins ne se vendent pas, ce n'est pas de sa faute, ce n'est pas lui qui les a écrits, que l'auteur a participé pour moitié au financement et qu'il a reçu plus que la moitié des bouquins imprimés. De toutes façons, pour le poursuivre il faudrait que l'écrivain s'offre les services d'un avocat et intente une action en justice, ce qui serait ajouter des débours importants à sa perte initiale, tout ceci pour des résultats extrêmement aléatoires puisque, de notoriété publique, Trébuchet est insolvable.

– Il peut donc continuer impunément son petit manège.

– Tant qu'il y aura des gens qui considèrent que le bonheur suprême en ce bas monde est d'avoir son nom imprimé sur une couverture de livre, il continuera. Et croyez-moi, patron, il n'est pas près de manquer de clients !

Elle ajouta :

– Une chose me trouble cependant, comment ce mystérieux Marcel Prost a-t-il pu connaître les tarifs de Trébuchet ? Car il les connaissait, il n'a pas proposé cinquante mille francs comme ça, par hasard.

– Et, surenchérit le commissaire, pourquoi ce Marcel Prost va-t-il délibérément perdre cinquante mille francs ? C'est une somme, tout de même ! On ne jette pas cinquante mille francs comme ça, à fond perdu.

– Hé hé, dit Mary en riant, pas cinquante mille, patron, vingt-cinq mille.

– Mais vous avez parlé…

– De cinquante mille promis. Mais de cette somme Trébuchet n'a vu que la moitié. Il attend toujours l'autre. Et à mon sens, il l'attendra longtemps.

– Vous voulez dire…

– Qu'il s'est fait posséder ? A tous les coups, patron. Le gros malin s'est fait avoir ! Je trouve ça plutôt bien, moi.

– Vous n'avez aucun sens moral ! dit le commissaire en levant vertueusement les épaules. Mais enfin, même vingt-cinq mille francs c'est une somme. Qui accepterait de la jeter à fond perdu ?

– C'est qu'il espère, justement, que ce ne sera pas à fond perdu. En affaires ça s'appelle un investissement, patron. Le type que l'a fait pense sérieusement récupérer dix fois, vingt fois, cent fois sa mise.

– Ouais, dit Fabien, en kidnappant un mystérieux artiste et en demandant une rançon. C'est vraiment n'importe quoi.

– Ça s'est déjà fait, dit Mary. En Italie c'est même quasiment une industrie nationale.

– Ouais, redit le commissaire, mais que je sache, en Italie les kidnappeurs ne vont pas crier leurs intentions aux quatre vents.

– Il y a certainement un coup vicieux là-dessous, patron.

– Vous abandonnez la piste du canular ? demanda Fabien.

– Un canular à vingt-cinq mille balles, monsieur, vous ne trouvez pas que ça met la blague hors de prix ?

CHAPITRE VI

Dans son bureau, Mary tournait et retournait dans sa tête les données du problème. Elle avait sous les yeux l'affiche du Festival 98. Une affiche jaune avec, en noir, les noms des groupes qui s'étaient produits à cette occasion.

Elle connaissait certains d'entre eux : Iggy Pop, Louise Attaque, Johnny Clegg, Bernard Lavilliers, Charles Trenet… Les autres lui étaient inconnus, une vingtaine de groupes en tout.

Jean-Pierre Fortin entra dans le bureau, emplissant l'espace de sa large carrure. Tout à coup l'espace parut se réduire.

– Ah, tu es là, Mary?

Il se pencha pour lui faire la bise et elle lui tendit la joue distraitement :

– Salut Jipi…

Il regarda l'affiche :

– Qu'est-ce que c'est que ça?

Il lut :

– Festival des Vieilles Charrues - 17 - 18 et 19 juillet 1998… Mais c'est périmé, ton truc. Il paraît que cette année ils font quelque chose de géant.

Elle le regarda :

– Tu connais ?

– Bof, comme tout le monde !

Elle eut l'impression qu'il avait soudain l'air embarrassé.

– Tu y es déjà allé ?

Il protesta sur un ton bourru :

– Qu'est-ce que tu veux que j'aille foutre là-dedans ? C'est plus de mon âge !

Elle le regarda en silence, le grand Jipi lui cachait quelque chose.

– Raconte ! ordonna-t-elle.

Elle se leva, s'assura que la porte était bien fermée et revint se planter devant la table où le grand lieutenant cherchait une contenance en fouillant dans une liasse de documents.

Il leva vers elle des yeux de cocker battu :

– Raconte quoi ?

Elle aurait été bien en peine de le lui dire. Avait-il fait, avec des copains de son club sportif, une sortie de célibataires ? Craignait-il qu'elle s'en indignât, que sa femme le sache ?

– OK, dit-il à mi-voix, mais tu gardes ça pour toi. Si ça venait aux oreilles du patron, peut-être qu'il n'apprécierait pas.

– Tu as fait une connerie ?

– Non !

La réponse avait jailli, catégorique. Elle le fixa de nouveau d'un œil inquisiteur :

– Oh, toi mon bonhomme, je ne te sens pas, tu n'es pas clair !

Elle se radoucit :

– Allez, vas-y, ça ne sortira pas d'ici !

– Ben voilà, dit Fortin, il m'arrive de faire des extra.

– Des extra?

– Ouais.

Elle ironisa :

– Tu vas servir le champagne et les petits fours dans les cocktails avec une veste blanche et un nœud papillon?

Il haussa ses puissantes épaules :

– Pff, t'es con!

– Merci, dit-elle pincée.

Il soupira et poursuivit :

– Maintenant quand il y a des fêtes sportives ou autres, les organisateurs demandent à des sociétés privées d'assurer la sécurité.

– Je sais ça.

– Bon, pour les manifestations d'importance comme les Vieilles Charrues, ces sociétés n'ont pas suffisamment de permanents. Ils recrutent des extra.

– Je vois.

– Où les recrutent-t-ils? dans les associations sportives où l'on pratique les arts martiaux. Dans les clubs de dressage de chiens également. C'est ainsi que plusieurs copains du club de karaté sont embauchés régulièrement. Ça paye bien, tu sais.

– Ah ah!

– Il ne s'agit que de se balader au long des barrières pour freiner la resquille et de patrouiller sur les parkings et les campings pour dissuader les bagarres et empêcher les vols.

– Et tu fais ça souvent?

– Aussi souvent que je le peux, dit Fortin. Dans

ma situation je ne peux pas cracher sur quelques milliers de francs supplémentaires pour boucler mon mois.

Effectivement, avec ses trois gosses, sa maison à crédit, le lieutenant n'avait pas le droit de faire la fine bouche.

– Tu me juges mal? demanda-t-il d'un ton de défi sous lequel perçait cependant une certaine inquiétude.

Elle se fit rassurante :

– Mais non, mon vieux Jipi, je ne te juge pas mal. D'ailleurs, je n'ai pas à te juger.

Et elle se disait en son for intérieur qu'elle-même n'avait pas refusé la prime que lui avait octroyée l'armement lors de son passage sur le *Drakkar**. Elle avait même été heureuse de trouver ce chèque pour renouveler sa garde-robe d'été.

Elle le regarda avec un grand sourire :

– Je vais te dire, je suis même bien contente que tu sois introduit là-dedans.

– Bien contente?

Il la regardait, incrédule. Il s'était attendu, pour le moins, à être désapprouvé. Décidément cette fille était imprévisible. Elle confirma :

– Bien contente, oui. Au fait, tu y retournes cette année?

– Ça dépendra du patron. C'est qu'il y a six jours à faire, j'ai posé une perme, mais je ne sais pas s'il acceptera. Six jours, ça fait beaucoup.

– Il acceptera, dit Mary. Et non seulement tu toucheras les primes de la société de gardiennage, mais en plus, tu n'auras pas à prendre sur tes vacances.

* voir *Aller simple pour l'enfer*

– Tu rigoles, Mary, dit-il incrédule.

– Non mon petit père, je ne rigole pas. Je ne rigole même pas du tout. Je te réquisitionne pour la durée du festival.

– Et le gardiennage ?

– Tu le feras comme les autres années, mais nous resterons en liaison sur le site.

– Tu y seras ?

– Et comment ! À présent je peux te le dire, mais il ne faut pas que ça sorte d'ici, c'est une histoire entre toi et moi. Tu me reçois bien ?

Il leva la main, comme un petit scout :

– Cinq sur cinq !

– Il y a un méchant truc qui se prépare cette année aux Vieilles Charrues.

– Tu rigoles ?

– Je ne rigole pas du tout !

– Bah, fit le lieutenant, comment pourrait-on…

– Les types qui préparent une saloperie ont l'imagination fertile.

Elle lui mit l'affiche sous le nez :

– Dis moi, si tu avais quelqu'un à kidnapper là-dedans, qui choisirais-tu ?

Il la regarda comme si elle avait perdu la raison :

– À kidnapper ?

– Tu m'as bien entendu. Elle prit un papier et écrivit rapidement quelque chose, puis elle le chiffonna.

– On va voir si tu choisirais la même cible que moi.

Le regard du lieutenant allait de Mary à l'affiche, de l'affiche à Mary. Décidément, on avait beau s'attendre à tout, avec cette fille on était toujours surpris. Finalement il posa le doigt sur un nom. Elle lut :

– Charles Trenet.

Puis elle le regarda :

– Pourquoi Trenet?

– Avec Johnny Clegg et Lavilliers c'est le plus connu.

Elle approuva du chef :

– Ensuite?

– Pour les Français c'est un monument, l'affection qu'ils ont pour ce bonhomme est incroyable, inusable.

Elle approuva de nouveau :

– Tu parles, voilà soixante-dix ans qu'il les fait rêver!

– En plus, c'est un homme âgé, donc il n'opposerait pas une résistance physique comme celle que pourraient offrir des gaillards comme Lavilliers ou Johnny Clegg. D'ailleurs celui-ci est toujours en compagnie de sa tribu, comme Lavilliers de son groupe, tandis que Trenet est un solitaire.

Mary applaudit :

– Bravo, mon vieux Jipi.

Elle se leva et s'en fut lui taper sur front :

– C'est qu'il y en a là-dedans!

Puis elle déroula son papier, le lissa sur le bois de la table et Fortin put lire en lettres capitales : TRENET.

– Tu vois, on est d'accord.

– Tout ça ne me dit pas, fit Fortin, à quoi rime ta question.

Mary sortit le livre une nouvelle fois et le posa devant Fortin; le lieutenant le prit, lut le titre : *À l'aube du troisième jour*.

– C'est un polar ? demanda-t-il.

– Un polar et une fiction. Dans ce bouquin, on raconte l'édition 99 des Vieilles Charrues.

– Mais elle n'a pas encore eu lieu.

– Je sais. C'est pour ça que je dis que c'est une fiction. On annonce qu'un kidnapping va y être commis.

– Et alors ? Les fadas qui écrivent ce genre de bouquins peuvent inventer ce qu'ils veulent ! Ils n'y connaissent rien !

– Pas d'accord, Jipi, il y a pas mal de flics ou d'anciens flics qui s'y mettent, et qui savent de quoi ils parlent.

– En tout cas, sur le site, je ne vois pas comment ils pourraient s'y prendre, tes kidnappeurs. Tout est bouclé, des barrières métalliques de deux mètres de haut avec des rondes incessantes, deux hommes avec un chien.

– Et entre le site et leur hôtel ?

– Il faudrait d'abord savoir où ils sont descendus.

– Ça ne doit pas présenter trop de difficultés. Si un pirate a pu se glisser dans l'informatique pour piquer la programmation, il pourra aussi bien connaître les plans d'hébergement. Où sont logés les artistes ?

– Il y en a à Brest, à Lorient, à Saint-Brieuc…

– Tous à moins d'une heure de voiture de Carhaix, commenta Mary.

– Je te signale tout de même, fit Fortin, que dès lors qu'ils ont quitté le site, ils ne sont plus sous la responsabilité des organisateurs.

– Non, dit Mary, mais ça restera du ressort de la police, de notre ressort.

Elle réfléchit un moment, puis demanda :

– Dis moi, Trenet…

Jipi s'esclaffa :

– Trenet ? Eh bien, s'il avait fallu le kidnapper sur le chemin de son hôtel, les voyous en auraient été pour leurs frais. A tout seigneur tout honneur, les organisateurs lui avaient réservé une suite dans un relais château hôtel près de Lorient. Tu sais où il est allé dormir ? Au Novotel à Rennes, comme ça, sans crier gare.

Elle se mit à rire et dit irrévérencieusement :

– Sacré Charles !

Elle sortit une pile de feuillets de sa poche :

– Et cette année, qui kidnapperais-tu ?

Fortin regarda longuement le listing que Mary lui présentait et arrêta sur doigt sur un nom :

– Pour les mêmes raisons que précédemment, celui-là !

CHAPITRE VII

– Pierre Perret, lut-elle, je crois bien que tu as raison, mon vieux Jipi.

Elle fronça les sourcils :

– La seule discordance, c'est qu'il est programmé pour samedi soir.

– Et alors ?

– Alors le bouquin est explicite : « tout devra être terminé à l'aube du troisième jour ».

Elle regarda Fortin en faisant tourner son stylo entre ses doigts :

– Pierre Perret sera sur scène le soir du cinquième jour.

– Tu penses bien que s'il y a tentative de kidnapping, ce ne sera pas lorsqu'il sera sur scène, entouré de milliers de personnes, dit Fortin.

– Continue, dit-elle, intéressée.

– Après son concert, poursuivit le lieutenant, il y en aura d'autres. Les gens ne s'en vont pas comme ça, ils continuent à danser, à chanter, à boire, à rire.

– Tard dans la nuit ? demanda-t-elle.

– Parfois jusqu'à l'aube.

– Jusqu'à l'aube du troisième jour, dit-elle, il y a encore deux jours de trop.

– Ça aurait été bon l'année dernière, dit Fortin.

Mary était maintenant extrêmement attentive :

– Redis-moi ça, fit-elle tendue.

– Je dis que ça aurait été bon l'année dernière puisqu'il n'y avait que le vendredi, le samedi et le dimanche. Le dimanche matin était donc « l'aube du troisième jour ».

– C'est ça, dit-elle, Marcel Prost a bâti son roman en se basant sur le scénario de l'année dernière. Il faudrait que je sache quand les organisateurs ont décidé d'étendre leur programmation sur six jours. Probablement à un moment où le bouquin était déjà écrit et où il était trop tard pour modifier le scénario.

– Peut-être qu'on se fout dedans tout du long, dit Fortin. Imagine que ce soit un autre artiste qui soit visé, un de ceux qui passent le mercredi 14 au soir, c'est-à-dire si la soirée se prolonge, et elle se prolongera, véritablement « à l'aube du troisième jour » ...

Mary relut le programme :

– Je n'y crois pas, dit-elle, je ne sens pas là-dedans de noms susceptibles de causer un choc dans l'opinion. Supposons qu'on enlève le chanteur de tel ou tel groupe amateur encore peu connu, les gens vont se dire : « encore un coup pour se faire de la pub »! Un type comme Perret n'a pas besoin de ces expédients, partout où il va, il déplace les foules.

– Donc tu crois toujours que c'est à Pierre Perret qu'on en veut?

– Plus que jamais.

– Qu'est-ce qu'on peut faire?

– Aller sur place, mon vieux Jipi. Toi tu n'as pas

de problème, tu as tes points de chute…

– Et pour l'autorisation du patron ?

– Je m'en charge.

*

Le commissaire divisionnaire Fabien était d'humeur charmante. Jamais ses hommes ne l'avaient connu comme ça. On ne pouvait pas dire qu'il fût d'ordinaire d'abord difficile et d'un contact rébarbatif, mais on le voyait sérieux, soucieux parfois, prompt à la remarque acerbe au moindre manquement. Maintenant il escaladait les escaliers quatre à quatre en chantonnant, se vêtait de clair et traînait dans son sillage les effluves d'une eau de toilette de qualité.

– Eh bien Mary, dit-il lorsqu'elle entra dans son bureau après s'être annoncée au téléphone, où en êtes-vous avec vos festivaliers ?

– Je pense qu'il faut que j'aille m'installer sur place, patron.

– Humph ! fit Fabien, sur place ! Et vous croyez que vous allez trouver une chambre à trois étoiles comme l'an dernier à Saint-Quay-Portrieux ?

– Ça vous est resté en travers, hein patron ?

– En travers ? Sachez, jeune fille, que je me fiche bien des hôtels où vous descendez. Seulement c'est moi qui présente les notes de frais, alors les chambres à six cent balles…

– Vous me l'avez assez reprochée, cette chambre. Mais souvenez-vous, je vous avais proposé, à l'époque, de prendre une tente et d'aller au camping.

– Proposition en l'air, hein, vous êtes tout de même restée au Kermoor.

– Bon, fit-elle conciliante, pour faire une moyenne, cette année j'irai sous la tente.

Il la regarda par en dessous, se demandant ce qu'elle était encore en train de manigancer.

– Vous irez sous la tente ?

– Où voulez-vous que j'aille. Il est important que je sois sur le site, et il y a un immense terrain de camping. Où pourrai-je être plus anonyme que parmi quelques milliers de jeunes, logée comme eux ?

Le commissaire croisa les mains devant son visage :

– Bon. Vous allez faire du camping à Carhaix-Plouguer. Et après ?

– Après ? J'aviserai. Je serai sur place, j'observerai et peut-être pourrai-je saisir quelque chose qui échapperait à des enquêteurs extérieurs à la fête.

– D'accord. Vous saisissez, comme vous dites, quelque chose. Et après, que faites-vous toute seule dans cette foule ?

– Je ne serai pas toute seule, patron. Si j'y vais Fortin m'accompagne.

Le commissaire se renfonça dans son siège :

– Ah Fortin, votre âme damnée. J'aurais dû m'y attendre. Il va partager votre tente ?

– Ah non ! Il se débrouillera tout seul. D'ailleurs, officiellement, on ne se connaîtra pas.

– Et qu'en pense-t-il, Fortin ?

– Je n'en sais rien. Je ne lui en ai pas parlé, mentit-elle, il fallait tout de même que j'aie votre accord avant.

– Eh bien, dit le commissaire, si vous voulez mon avis, il ne sera pas très chaud pour vous accompagner, Fortin. Voilà plus d'un mois qu'il m'a demandé une semaine de congé du…

Il consulta son agenda et compléta :

– … du 12 au 18 juillet. Ah, il va vous bénir! Prenez plutôt Mercadier.

– Ah non! redit-elle avec une belle conviction. Mercadier? et puis quoi encore?

Mercadier, la bête noire de Mary Lester, un petit mec étroit de partout qui se prenait pour Tarzan et qui professait le plus grand mépris pour les femmes en général et les femmes qui sévissaient dans la police en particulier.

– Que voulez-vous que je fasse de Mercadier dans de telles circonstances? Il fait tellement flic et il est tellement teigneux qu'avant le second jour il aura déjà déclenché une émeute et qu'il faudrait que j'aille au charbon pour lui éviter de se faire mettre en pièce! Il me faut un homme de poids, il me faut Fortin.

– Eh bien vous, quand vous avez une idée en tête…

Elle lui fit un grand sourire :

– Je sais, patron, vous me l'avez déjà dit.

– Mais ne venez pas vous plaindre s'il vous fait la gueule, il avait l'air de tenir à cette semaine de congé.

– J'en fais mon affaire, dit-elle.

– Eh bien dans ce cas, dites-lui de venir, qu'on règle l'affaire au plus tôt.

Elle sortit, légère, et regagna son bureau où Fortin discutait avec le brigadier Lapointe des chances qu'avait le PSG de redorer son blason avec son recrutement de choc.

– Le patron te demande, dit-elle à Fortin.

Le brigadier s'éclipsa.

– Ah, qu'est-ce qu'il me veut ? fit Fortin rembruni.

– Te sucrer ta perme.

– Ah la vache ! s'exclama le lieutenant.

– Ne t'emballe pas, lui dit-elle, écoute bien ce qu'il va te dire et surtout, garde cet air mécontent. Tu fais ça pour lui rendre service, tu m'entends ?

– Qu'est-ce que je fais ?

– Roule, il t'attend. Tu comprendras vite.

– Et toi ?

– Moi, j'attends que tu remontes pour me payer l'apéro.

– Tu prends l'apéro toi ? Depuis quand ?

Elle le poussa vers la porte :

– L'apéro, c'est une façon de parler... Fonce je te dis !

*

Le lieutenant Fortin entra dans le bureau du divisionnaire en essayant - vainement - de se faire tout petit.

– Ah, Fortin, dit le commissaire enjoué, vous aviez posé des jours de repos pour la semaine du 12 au 18 juillet je crois ?

– Oui patron.

– Eh bien je suis désolé, mon petit vieux. J'ai besoin de vous.

– Ah, fit Fortin d'une voix faible.

– C'est comme ça, le boulot d'abord, les loisirs après. Nous sommes au service de l'État, de la population…

Ça partait fort, il ne manquait plus qu'un petit coup de Marseillaise pour que Fortin se mette incontinent au garde-à-vous. Il se borna à répondre platement : « Bien sûr, patron » avec, sur le visage, le masque de la désolation.

– J'avais promis aux petites…

– Je sais, Fortin, je sais.

Le commissaire jouait avec sa règle, il ne regardait pas le lieutenant et sa voix était soudain bourrue. Il s'en voulait de devoir décevoir le lieutenant Fortin.

Fortin enfonça le clou :

– Et puis, il y avait le 14 juillet au milieu de la semaine, ça me faisait gagner un jour.

– On pourra toujours vous arranger ça, dit Fabien magnanime en le regardant enfin. Voilà, vous accompagnerez Mary Lester à Carhaix pendant le festival des Vieilles Charrues. Il semble se préparer un drôle de truc là-bas et elle aura besoin de vous.

Par bonheur, le commissaire s'était mis à fouiller dans un tiroir, sans quoi il n'aurait pas manqué d'apercevoir la lueur de soulagement qui éclaira soudain le visage de Fortin.

Il se reprit et parvint à garder l'air malheureux.

– Le lieutenant Lester vous expliquera ce que vous aurez à faire et vous vous en remettrez à elle.

– Bien patron, dit Fortin d'une voix morne. C'est tout ?

– C'est tout.

La voix du commissaire était juste sèche comme il fallait. Fortin sortit en traînant les pieds. Comme il ouvrait la porte, le commissaire le rappela :

– Lieutenant...

– Patron ?

– C'est sur mon ordre que vous allez à Carhaix.

– Oui patron.

Il resta un instant immobile puis il demanda d'un voix dolente :

– Pourquoi me dites-vous ça, patron ?

– Parce que je ne voudrais pas que vous vous imaginiez je ne sais quoi, et que votre déception de n'avoir pas eu ce congé vous pousse à chercher noise au lieutenant Lester.

Il regarda Fortin dans les yeux et précisa une nouvelle fois :

– C'est MA décision !

Fortin hocha douloureusement la tête et ferma doucement la porte, comme assommé par ce méchant coup du sort.

Puis il se précipita dans l'escalier en contenant un rugissement de joie. Pas de doute, Mary Lester avait bien mérité son apéro !

CHAPITRE VIII

La semaine se termina bizarrement au commissariat. Le patron était toujours aussi primesautier. Il paraissait et disparaissait sans crier gare, laissant à son adjoint, le commissaire Villeneuve - qui avait remplacé le vieux Bredan admis, comme dit le jargon administratif, « à faire valoir ses droits à la retraite » - le soin des affaires courantes.

Mary, elle, avait lu et relu *À l'aube du troisième jour*, cherchant les indices qui étaient censés s'y trouver et elle avait relevé effectivement une allusion à un endroit pour « jolies colonies de vacances », ce qui lui parut assez explicite. Une autre phrase qui évoquait « la bête immonde », corroborait son hypothèse : c'était bien Pierre Perret qui était visé.

Au sujet de ce second indice, elle avait évoqué avec Fabien une éventuelle piste politique, car le titre du dernier album du chanteur n'avait pas dû faire plaisir à tout le monde.

– Bof, avait dit le commissaire l'esprit visiblement ailleurs, vous y croyez, vous?

– On ne peut pas s'empêcher d'y penser.

– Ouais, dit Fabien sans conviction. Mais les formations qui se sentiraient visées par le répertoire de Perret sont extrêmement minoritaires dans le coin. Elles ont assez d'esprit politique pour ne pas aller provoquer un public qui est loin d'être acquis à leurs thèses. N'oubliez pas que c'est dans ce canton que, pour la première fois en France, des villageois ont élu un maire d'origine africaine.

– Je sais, patron, l'esprit du festival c'est « La Bretagne accueille le Monde… » Bien entendu Tout le Monde, sans esprit de nationalisme, de chauvinisme, encore moins de racisme. Il suffit de voir la vidéo de l'an passé, où Johnny Clegg et ses Zoulous chantent accompagnés par le bagad de Quimper pour comprendre l'esprit de paix, de tolérance et d'amitié qui y prévaut. Cependant…

– Cependant quoi ?

– Il se pourrait que des groupuscules violents tentent de troubler ce bel œcuménisme.

– Oh, il y en aura, dit le commissaire, il y en aura nécessairement. Vous n'espérez tout de même pas réunir cent mille personnes sans qu'il y ait le lot habituel de trublions de tout poil. C'est au service d'ordre du festival de faire face à ce genre d'aléas. Ne vous en faites pas, ils sont parfaitement habitués à gérer ces situations. Ça, c'est la face émergée de l'iceberg. Il nous faut deviner le dessous des cartes, ce qui est beaucoup moins facile.

De retour à son domicile, Mary avait sorti d'une malle métallique sa petite tente, une canadienne montée sur arceaux qu'elle avait achetée quelques années auparavant lorsqu'elle faisait partie d'un groupe de randonnée, son sac de couchage et, le besoin de confort venant avec l'âge, elle s'était payé un matelas pneumatique. Elle avait toujours aussi son minuscule réchaud à alcool et les gamelles d'aluminium qui s'emboîtaient les unes dans les autres comme des poupées gigognes.

Elle fit ces préparatifs avec un plaisir d'adolescente à la veille de sa première sortie sans ses parents. L'aurait-on invitée dans un palace qu'elle n'aurait pas éprouvé le quart du plaisir ressenti à la perspective d'aller planter sa tente dans la luzerne.

Elle avait même retrouvé, toujours dans cette même malle, ce qu'elle appelait sa « check list », établie pour ne rien omettre d'essentiel : les sachets de thé, le café lyophilisé, la mini-trousse de pharmacie… Il y en avait une demi-page.

Le lundi matin elle embarqua son paquetage dans la Twingo, ferma soigneusement sa porte et prit le chemin de Carhaix.

Bien que le festival ne commençât officiellement que le lendemain, il y avait déjà des campeurs qui l'avaient précédée.

Les organisateurs avaient trouvé pour leur manifestation un site extraordinaire : un immense champ en pente douce au pied duquel une vaste plate-forme avait été aplanie et bitumée. Dix hectares déjà clos par de hautes barrières métalliques. En contrebas, une scène comme elle n'en avait jamais vue, colossale, une sorte d'éphémère temple païen des temps modernes consacré au Dieu Décibel, monté en tubes métalliques et, tout autour, des alignements de tentes où l'on pouvait boire, manger et satisfaire ses besoins essentiels.

Le terrain de camping des festivaliers s'étendait également sur dix hectares. C'était tellement vaste que Mary se demanda où elle pourrait bien planter sa tente. Elle croisa quatre autres filles qui arrivaient, comme elle, sac à dos.

– Tu cherches un endroit où te poser? demanda une grande rousse au visage tavelé de taches de rousseur.

– Oui, dit Mary. Ce n'est pas la place qui manque.

– Attends demain, dit la rousse, on en reparlera!

– Vous êtes déjà venues?

– Depuis 95 on n'a pas loupé un seul concert.

Et une autre fille, petite, boulotte, s'écria, extatique :

– C'est géant!

– C'est géant, dit la rousse, mais c'est crevant. Nous, on se met derrière le talus, dit-elle, parce que si tu te mets en face de la scène, tu prends la sono en pleine poire et, crois-moi, tu ne dormiras pas beaucoup.

Le site était coupé par un chemin creux bordé de chênes. Les filles s'installèrent contre le talus, de l'autre côté du chemin.

– C'est le meilleur coin, dit la rousse, avec l'assurance de ceux qui savent, en posant sac à terre. On a juste à traverser la route pour aller voir les concerts, si on a un coup de barre, on peut se reposer. Tu es toute seule?

– J'attends un copain, dit Mary.

– C'est la première fois que tu viens?

– Oui. On m'a dit que c'était super.

– C'est géant! redit la petite grosse qui semblait disposer d'un vocabulaire des plus limités.

Les deux autres filles qui s'appelaient Carmen et

Véronique étaient bavardes comme des pies. Âgées d'une trentaine d'années, elles habitaient Rennes où la brune, Carmen, était caissière dans un hypermarché - en attendant de trouver un job d'assistante maternelle - et la blonde, Véronique, monitrice d'auto-école. Leur enthousiasme faisait plaisir à voir; à les entendre, pour rien au monde elles n'auraient manqué le Festival des Vieilles Charrues.

Elles étaient venues toutes les quatre dans la voiture de Véronique, qui - profession oblige - faisait office de chauffeur.

Le camping avait été sommairement aménagé. Des abreuvoirs à bestiaux servaient de lavabos mais il y avait aussi des douches et des toilettes.

Mary entreprit de monter sa tente, ce qui lui prit à peine un quart d'heure. Puis elle gonfla son matelas pneumatique, étendit son sac de couchage et s'allongea pour tester l'installation.

À nouveau elle éprouva ce plaisir de se sentir si près de la nature, le nez dans l'herbe, avec juste une mince toile entre elle et l'infini des cieux.

Dehors elle entendait les filles discuter de la bonne manière d'installer leur tente :

– Je te dis qu'on met les piquets avant de…

Elle sortit :

– Je peux vous donner un coup de main.

– C'est pas de refus, dit la rousse, d'une année sur l'autre, je ne me souviens jamais de l'ordre des opérations.

Elle admira l'installation de Mary, les poings sur les hanches :

– Ben toi alors, tu n'as pas été longue!

Elle s'extasia :

– Et tu l'as montée toute seule !

– C'est une tente de randonnée, dit Mary. Elle est très légère et très facile à monter.

– C'est ça qu'on aurait dû acheter, s'exclama la petite grosse qui s'appelait Christine.

– C'est ce qu'on se payera quand on ne nous prêtera plus celle-ci, dit son amie, en attendant, ce qu'on n'a pas à acheter ne coûte pas cher ! N'est-ce pas ? dit-elle en regardant Mary.

– Et comment ! dit Mary en prenant les choses en main.

– Heureusement que tu es là, dit Christine avec candeur, on ne s'en serait jamais sorties toutes seules, et en plus, on se serait engueulées.

– Je vais faire un tour, dit Mary.

Elle prit son appareil de photo, remonta la fermeture éclair de la tente et traversa la route.

En plus de la scène principale, deux autres scènes étaient en cours de montage. Les régisseurs, le badge autour du cou, supervisaient le travail des techniciens qui s'activaient. Ils devraient probablement travailler une bonne partie de la nuit pour être prêts pour l'ouverture des réjouissances.

Partout il régnait une activité de fourmilière. Ici on mettait en place une structure circulaire dont elle ne percevait pas l'utilité.

– Qu'est-ce là ? demanda-t-elle à un jeune homme qui paraissait diriger la manœuvre.

– Un bar, dit-il en riant.

– Mais il est énorme ! s'exclama-t-elle.

Le garçon rigola :

– Ici tout est énorme. Faut ce qu'il faut, dites donc, quand vous verrez le monde qui va venir en fin de semaine! Et attendez, il y en a encore là, et là!

Il montrait les tentes qui bordaient le site.

– Il y aura en tout 250 mètres de bar qui seront alimentés par quatre camions citernes.

Il montra à Mary une tranchée fraîchement rebouchée :

– Ici la bière arrive par de gros tuyaux enterrés.

– Ahurissant, dit Mary.

Et elle le pensait vraiment.

– C'est vous qui vous occupez du bar?

– On est deux, dit le garçon, et ce n'est pas de la rigolade. Pour servir tout ça, il y aura 1 500 barmans.

Un autre type s'approcha :

– Tout va bien, Charlic?

– Ça baigne! Reste à souhaiter que le soleil tape dur pour leur donner soif.

– Ils auront soif, dit-il, ne serait-ce qu'avec tout le sel qu'on va mettre sur les frites!

– Comme s'il y avait besoin de ça pour qu'ils aient soif!

Les deux hommes se mirent à rire.

– Vous vous occupez de la bouffe? demanda Mary.

– Oui, dit Charlic, Fernand supervise l'intendance et moi je m'occupe de la boisson.

Et il ajouta dans un grand rire :

– Il y a de quoi faire! Vous êtes là pour la durée du festival?

– Oui.

– C'est la première fois que vous venez?

– Eh oui.

– Vous ne regretterez pas, ça va être quelque chose!

– Quelle foule à nourrir! dit Mary.

– T'inquiète pas mignonne, dit-il en la tutoyant d'office, tout est prévu. Charlic a ses quatre semi-remorques de bière venus tout spécialement du Danemark...

– Plus la Coreff, la bière de Morlaix, précisa Charlic, plus la Britt brassée à Concarneau...

– Quant à moi, dit Fernand, j'ai prévu 20 tonnes de frites, 3 tonnes de saucisses, autant de jambon, 50 000 baguettes de pain et 70 000 huîtres pour commencer. Et si ça ne suffit pas, dit-il avec bonne humeur, on ira en chercher d'autres. Ce n'est pas l'usage, dans ce pays, de laisser les invités mourir de faim.

– En attendant, dit Mary, pour se nourrir ce soir, où faut-il aller?

– Ah, ce soir vous devrez aller jusqu'à Carhaix, mais à partir de demain vous trouverez tout sur place.

Mary retourna à son campement où les filles avaient fini de s'installer. Elles lui proposèrent gentiment de les accompagner en ville où elles dînèrent agréablement dans une crêperie de la rue Brizeux, une adorable petite crêperie toute jaune et bleue où l'on servait de merveilleuses galettes à l'andouille et aux pommes.

CHAPITRE IX

Après une nuit paisible, Mary fit un brin de toilette dans les abreuvoirs en bien nombreuse compagnie et prit son petit déjeuner assise dans l'herbe avec ses nouvelles amies.

– Ça me rappelle la colo, dit-elle ravie.

Véronique s'était dévouée pour aller au centre ville et elle en était revenue avec des baguettes de pain frais et des croissants chauds.

– Tu avais des croissants chauds en colo au petit déj, toi ? demanda-t-elle à Mary.

– Non, de grosses tartines de confiture que les monitrices prenaient dans des pots de cinq kilos.

Elle ajouta, nostalgique :

– Je n'ai jamais mangé de si bonne confiture.

Peu à peu le village de tentes se montait et il y avait des retrouvailles bruyantes entre ceux qui avaient participé aux précédentes éditions et qui s'en glorifiaient devant les néophytes comme des anciens combattants ayant connu le baptême du feu pouvaient le faire devant des « bleus ».

Peu avant midi Mary s'en fut au siège du festival retirer l'invitation que lui avait promise France.

– Comme je t'ai vue avec ton appareil de photos,

dit l'attachée de presse, j'ai pensé que ce serait plus pratique que je te donne une accréditation en tant que photographe. Avec ça tu pourras aller partout.

Elle s'était tout naturellement mise à tutoyer Mary qui ne s'en offusqua pas.

– Excellente idée, dit Mary. J'avais justement envie de griller quelques rouleaux de pellicule.

– Tu ne pourras le faire que si tu as cette accréditation, dit France. Les photographes privés n'ont pas le droit d'opérer dans l'enceinte.

Puis elle lui tendit un badge plastifié qu'un cordon permettait de suspendre autour du cou.

– Je te remets également ce badge qui te donnera, s'il en est besoin, accès à tous les lieux où il te plaira de te rendre. Tu peux le garder en poche, dans un premier temps ton accréditation devrait suffire.

La ville avait déjà pris un air de fête. Au détour d'une rue on entendait un biniou, une bombarde sonner, et des groupes se formaient spontanément pour danser sur la chaussée. Les automobilistes devaient parfois attendre que les gavottes et autres jabadao libèrent la route pour pouvoir passer. Et ils patientaient, sans hargne, le coude à la portière, déjà dans la fête, en échangeant des plaisanteries avec les piétons et les danseurs.

Quand Mary revint à Kerampuil il était midi passé et déjà des cars transportant des groupes de musiciens arrivaient. Elle retrouva ses amies collées aux barrières près de la grande scène.

Christine, la petite grosse qui s'extasiait de tout et s'exclamait à tout bout de champ « c'est géant ! », montra à Mary le groupe qui devait ouvrir les festivités, les « Rasta Bigoud » qui déballaient leurs instruments.

Les agents de sécurité passaient, impassibles et attentifs, impressionnants par leur carrure et leurs tenues noires. Ils allaient en général par deux, accompagnés d'un chien aussi impressionnant qu'eux.

Fabienne, la rousse, visiteuse médicale de son état, regardait plus volontiers les costauds que les artistes et Christine qui avait suivi le regard de Mary la poussa du coude en lui soufflant à l'oreille :

– Comme Pauline Carton, Fabi a un faible pour les forts ! L'année dernière elle en a ramené un dans la tente, il était tellement gros que j'ai dû dormir dehors.

– Et toi, demanda Mary, qu'est-ce que tu as ramené ?

– Moi je craque pour les chanteurs, dit la petite grosse ; et elle ajouta avec dépit : Pff... ils ne me regardent même pas !

Comment auraient-ils pu distinguer quelqu'un dans cette foule ? Quoi qu'elle fasse, Christine, gentil petit bout de femme un peu boulotte, était de celles qui passent inaperçues.

Mary abandonna le groupe sous prétexte de faire des photos et se mit à longer la barrière qui était maintenant infranchissable : deux mètres de haut et des structures métalliques solidement solidarisées entre elles. Ça plus les patrouilles incessantes des agents de sécurité, les resquilleurs allaient rencontrer de sérieux problèmes.

Les essais de sono se multipliaient avec les inévitables craquement, les effets Larsen et les mises au point qui faisaient par moments monter la terrifiante puissance des baffles géants jusqu'à en être insoutenable.

La grosse machine se mettait tout doucettement en route.

De l'autre côté du champ, les deux scènes, plus petites, étaient elles aussi opérationnelles.

Mary avait maintenant une vue d'ensemble de l'organisation matérielle du festival.

Face à la scène, tout en haut du champ, l'entrée unique de la fête, avec les guérites où l'on vendait les billets. Puis les entrées, plusieurs couloirs matérialisés par des barrières métalliques, passage obligé où les festivaliers étaient fouillés un à un avant de pouvoir s'installer devant le podium.

Une sacrée superficie à surveiller : le site lui-même, clos par 10 kilomètres de barrières métalliques, 10 hectares de camping, 15 hectares de parking. En tout, l'étendue d'une ferme de belle dimension.

– Bonjour mademoiselle, ça se passe bien sur le camping ?

Elle se retourna d'un bloc :

– Jipi !

Le lieutenant était devant elle, impressionnant dans sa tenue noire, avec un autre gaillard aussi large que haut qui retenait fermement un berger allemand muselé de cuir.

– Parfaitement bien, monsieur. Vous êtes les hôtesses d'accueil, peut-être ?

Fortin se retourna vers l'homme au chien :

– Je t'avais dit, mon vieux Paulo, elle n'arrête pas de déconner !

– Je te présente Paul Kerriou, dit-il à Mary. Ne t'affole pas, il est de la maison.

Et, se tournant vers son équipier :

– Mary Lester, dont je t'ai parlé…

Paul Kerriou tendit à Mary une main épaisse comme une batte de base ball et dit d'une voix de basse :

– Enchanté, lieutenant.

Il avait les cheveux blonds, taillés en une brosse ultracourte et une lueur malicieuse brillait dans ses yeux bleus.

– Vous êtes maître-chien ? demanda-t-elle en montrant le demi-fauve qui tirait sur sa laisse.

– Non, lieutenant OPJ comme vous. Le chien m'appartient. Je le dresse pour le plaisir.

– Pour le plaisir, dit Fortin, et aussi parce que tu émarges pour ta bête !

– Évidemment que j'émarge pour ma bête, faut bien qu'il bouffe, non ?

Il tira un coup sec sur la laisse et commanda :

– Assis, Cassius !

Le chien obéit en gémissant.

Kerriou se tourna vers Fortin et ajouta :

– Tu émarges bien à la grande maison et ici en même temps, toi ! Et grâce à mademoiselle, à ce que je sais.

– Mademoiselle s'appelle Mary, dit-elle, et si vous voulez bien, je vous appellerai Paulo puisque ça paraît être votre petit nom.

– Tant qu'on y est, on peut même se tutoyer, rigola Paul Kerriou.

– Eh bien d'accord ! Vous vous connaissez depuis longtemps ? demanda-t-elle.

– C'est la troisième année qu'on fait équipe ensemble, dit Fortin. N'empêche que tu as bien possédé Fabien.

– Tu as de ces mots, protesta Mary, je n'ai possédé personne ! Le seul qui y trouve avantage, c'est toi !

– C'est vrai, dit Fortin, chapeau tout de même pour la manœuvre. Fallait y penser !

Puis, changeant de sujet, il demanda :

– Où as-tu installé ton campement ?

Elle montra le rideau d'arbres :

– Là, derrière le talus. Je suis avec quatre filles plutôt sympas.

– Qu'est-ce que tu vas faire ? demanda Fortin.

– Je n'en sais rien, mon vieux. Est-ce que la menace est sérieuse ? Est-ce que c'est un canular ? Je n'en sais pas plus que lorsque j'ai quitté Quimper. Alors je vais, je viens, j'observe, je fais des photos pour me donner une contenance.

– Et parce que tu aimes ça, ajouta Fortin.

Elle confirma :

– Parce que j'aime ça, parfaitement.

Elle montra son badge :

– Je vous signale qu'officiellement, je suis photographe de presse.

– Pour quel journal ? demanda Paulo.

– Free lance, dit-elle, je vends mes photos au plus offrant.

– Je t'avais bien dit, elle a réponse à tout, dit Fortin.

Paulo sourit :

– Je vois ça !

Mary poursuivit en s'adressant à Fortin :

– Si j'aperçois quelque chose qui me trouble, qui me met la puce à l'oreille, je te fais signe. Tu as ton téléphone ?

– Affirmatif, dit Fortin en tapotant sur la poche de poitrine de sa combinaison.

– Parfait. Où êtes-vous logés ?

– A Rostrenen, dans un lycée.

– C'est loin, ça ?

– Une vingtaine de kilomètres. Si besoin, je peux être là en un quart d'heure.

– Et s'il y a des embouteillages ?

– Paulo me prêtera sa moto, une tout terrain. S'il le faut, je passe par les champs.

– Tu es venu en moto ? s'étonna Mary.

– Oui, nous n'avons qu'une voiture et ma femme en a besoin pour emmener les gosses à la plage.

– Et le chien ? il va en moto lui aussi ?

– Non, rigola Paulo, ma femme l'a conduit.

Il caressa l'animal entre les oreilles :

– Cassius est un chien de luxe, il a son chauffeur.

Mary montra la muselière.

– Est-il si dangereux qu'il faille le museler de la sorte ?

– On ne sait jamais dans une foule, dit Paul Kerriou. Des imbéciles pourraient le maltraiter au passage. L'an dernier il y en a un qui lui a enfoncé un mégot dans l'oreille. Si le chien n'avait pas eu de muselière, le type n'aurait plus de main.

– Maintenant il n'a plus de dents, rigola Fortin.

– J'ai horreur qu'on maltraite les bêtes, dit Kerriou.

Et en disant ces mots, son œil bleu avait pris une teinte minérale qui n'annonçait rien de bon.

Assurément, le lieutenant Kerriou était un gaillard qu'il ne fallait pas chatouiller de trop près.

Mary considéra de nouveau les battoirs qui lui servaient de mains ; une baffe assenée avec un de ces outils devait effectivement faire pas mal de dégâts.

En les regardant s'éloigner, Mary pensa qu'ils formaient, avec le chien, une paire bien dissuasive.

☆

– Tu les connais ?

La voix de Fabienne était pleine d'excitation rentrée.

– Non, mentit Mary.

– Qu'est-ce qu'ils voulaient ?

– Ils voulaient savoir si tout allait bien. Je leur ai demandé, moi, s'ils étaient les nouvelles hôtesses d'accueil.

– Et alors ?

– Ils ont rigolé.

La rousse regardait les deux vigiles s'éloigner avec nostalgie.

– Comment tu fais ? À moi ils ne me demandent jamais rien !

– Tu n'as qu'à avoir l'air suspect, dit Mary. Ils vérifieront si tu as bien payé l'entrée.

– Ils te l'ont demandé, à toi ?

– Non.

– Ah, tu vois !

On sentait de la déception dans sa voix.

– Mais moi je suis photographe, dit Mary. Je suis là pour bosser. Ils voulaient savoir d'où je venais, si je campais, où j'avais installé ma tente, pour quel journal je travaillais.

– Bref, ils te draguaient, quoi!

– Mais non! Ils étaient polis, tout simplement. Et puis, je les ai photographiés avec leur chien. Ils sont impressionnants, non?

– Tu les as photographiés? s'exclama Fabienne. Tu pourras me donner une photo?

– Pas de problème.

– Et tu leur as dit?

– Je leur ai dit quoi?

– Ben, où on habitait.

– Évidemment! Je n'ai pas à me cacher!

– Mais moi non plus, dit la rousse. Oh, tu as bien fait. Peut-être qu'ils viendront prendre le café?

– Va savoir, dit Mary en souriant. Dis donc, on dirait que tu aimes les gros, toi!

– Les gros? Ils ne sont pas gros! Tu as vu le plus grand? Il est beau! On dirait Gary Cooper! J'espère que tu auras réussi ta photo!

Elle parlait d'une voix enamourée, Mary se mit à rire :

– Eh bien dis donc, si ça n'est pas le coup de foudre, ça y ressemble fort! Je le lui dirai, à l'occasion. De toutes façons, ces types-là ne sont pas là pour draguer, ils travaillent, eux!

– Si tu crois que ça les empêche de draguer, dit Christine, tu te trompes. N'est-ce pas, Fabi?

Fabienne ne répondit pas, perdue dans son rêve; elle voyait les deux chevaliers noirs s'éloigner au long de la barrière métallique qu'ils étaient chargés de défendre contre les méchants resquilleurs.

Mary laissa là ses amies et retourna à son campement.

CHAPITRE X

La Twingo couleur de brume filait en direction de Landerneau ; Mary Lester tenait le volant de bois d'une main, et de l'autre son téléphone portable.

– Jipi, tu m'entends ?

– Pas très bien. Où es-tu ?

– Dans ma voiture, sur la route de Landerneau.

– Que vas-tu faire à Landerneau ?

– Tournicoter un peu autour de la maison Trébuchet.

– Qu'est-ce que c'est que ça ?

– Le siège des éditions de ce fameux bouquin, *À l'aube du troisième jour*, qui a mis la puce à l'oreille aux gens du festival.

– Qu'espères-tu trouver là-bas ?

– Je ne sais pas. Mais comme il ne se passera rien pour le moment au festival…

– Comment peux-tu en être si sûre ?

– On n'est pas encore « à l'aube du troisième jour » et puis, tu es là pour veiller au grain et me prévenir si besoin est. Comment ça va ?

– Bien, il fait beau, les gens rappliquent petit à petit et les terrains de camping se remplissent peu à peu. Tu seras revenue pour le spectacle de ce soir ?

– Je pense que oui. En tout cas, je reste sur écoute, si tu as besoin de me joindre, n'hésite pas.

Elle reposa le portable sur son support et se concentra sur sa conduite. La circulation en direction de Carhaix était dense, dès le premier jour le festival allait connaître le succès. Qu'est-ce que ça serait pour les trois derniers ! Il serait prudent de ne plus chercher à utiliser sa voiture sous peine de se trouver englué dans d'inextricables embouteillages.

Car il y aurait d'inextricables embouteillages. L'an passé certaines voitures n'étaient-elles pas restées bloquées près de quatre heures sur la route ?

Dans ces conditions il était bien aléatoire de chercher à kidnapper quelqu'un. Comment les gangsters prendraient-ils la fuite avec leur victime ?

Elle avait ralenti. Il y avait là-dedans quelque chose qui lui échappait.

Elle s'arrêta sur le bas-côté de la route et forma le numéro de France.

– Allô France ? Mary Lester. Je peux te parler une minute ?

– Bien sûr, Mary.

En dépit des cent problèmes à l'heure qu'elle avait à résoudre, en dépit des trois téléphones qui sonnaient en permanence, l'attachée de presse restait disponible, aimable, et donnait l'impression d'être à l'entière disposition de chacun.

– Ce n'est peut-être pas le moment de te demander ça, dit Mary, mais tu m'as dit que tous les membres du conseil d'administration avaient reçu le bouquin.

– En effet.

– Personnellement ?

– Oui, mais pas à leur domicile. Un carton contenant douze grosses enveloppes de papier kraft a été déposé au siège de l'association. Dans chacune d'entre elles, un exemplaire de *À l'aube du troisième jour*. Personne n'avait été oublié, les noms étaient écrits sur chaque enveloppe.

– Manuscrits ?

– Pardon ?

La secrétaire n'avait pas bien compris. Mary précisa :

– Les noms étaient manuscrits ou dactylographiés ?

– Dactylographiés, il me semble. L'exemplaire réservé au maire a été déposé directement à l'hôtel de ville.

– À l'accueil ?

– Non, dans la boîte aux lettres.

– Ah, dit Mary déçue.

Elle avait espéré qu'une employée de mairie aurait pu reconnaître celui ou celle qui avait déposé le paquet. Cela l'aurait-elle avancée ? Pas sûr. Pour quelques pièces de dix francs n'importe quel gosse rencontré sur la place de la mairie se serait volontiers chargé de la commission.

– Pas de cachet de poste ?

– Non.

– On accède donc si facilement à votre local ?

– Bien sûr. Dans la journée la porte n'est pas fermée à clé, il y a toujours des gens qui entrent, qui sortent, qui passent prendre ou déposer un courrier. Alors, rien de plus simple que d'entrer, d'y laisser un carton - douze livres de poche ça ne prend pas beaucoup de place - sans se faire remarquer.

– Dis donc, fit Mary, il semble que les festivaliers soient au rendez-vous. Quelle affluence sur les routes déjà!

– Tout le monde est au rendez-vous, dit France. Tu as vu les journaux ce matin?

– Non.

– La presse nationale titre sur le festival avec un bel ensemble. Il semble que ce soit devenu un jeu : qui va-t-on enlever à Carhaix? Nous allons avoir trois fois plus de journalistes que l'année dernière.

– C'est une bonne chose! dit Mary.

– Oui, soupira France, et son soupir trahissait pour la première fois sa lassitude. Oui, si tout se passe bien.

☆

La maison de l'éditeur était telle que Mary l'avait laissée le mardi précédent. Les mêmes livres défraîchis dormaient dans la vitrine poussiéreuse, et il flottait dans cette rue étroite, pavée de grès, où les passants se faisaient rares, un parfum des siècles passés. Il y a des lieux sur lesquels les ans ne paraissent pas avoir de prise; cette rue et ses maisons semblaient frappées d'un charme qui les préservait des outrages du temps.

Pour se donner une contenance, elle prit son Minolta et fit mine de chercher le meilleur angle pour photographier la vieille demeure.

Ce faisant, elle réfléchissait : sous quel prétexte retournerait-elle interroger l'ineffable Frantz Trébuchet? Ce type devait être un procédurier; pour peu qu'il ait quelques appuis politiques et un avocat retors, il risquait bien de se retourner contre Mary, de porter plainte pour harcèlement. Or, elle n'avait pour le moment - du point de vue de la loi - strictement rien à lui reprocher.

Elle retourna prudemment à sa voiture, se demandant quelle était la meilleur conduite à tenir. À vrai dire, elle n'en savait rien car cette affaire ne ressemblait à aucune autre : pas de délit, pas de victime, pas de plainte. Et jamais personne ne se serait soucié des faits racontés dans *À l'aube du troisième jour* si son auteur présumé n'avait eu la curieuse idée d'adresser son œuvre aux responsables du festival, en l'accompagnant de ce coup de téléphone qui les avait alarmés.

C'était cette annonce, justement, qui était troublante. Qui donc l'avait faite ? Et pourquoi ?

N'était-ce pas simplement l'auteur, dans le but de faire parler de son ouvrage et donc de le vendre mieux ? C'était plausible, mais dans ce cas, pourquoi avait-il renoncé à des droits d'auteur que, de toute manière, Frantz Trébuchet n'avait aucune intention de lui verser ?

Ce type connaissait Trébuchet au point de savoir combien coûtait la fabrication de 2000 exemplaires d'un livre format poche. Compte tenu du « modernisme » de la maison d'édition, on ne pouvait cette fois dire qu'il en avait eu connaissance par un piratage de son système informatique. En fait, ce mystérieux Marcel Prost connaissait beaucoup de choses ; le fonctionnement interne du festival, par exemple.

C'était troublant. C'était même extrêmement troublant. Qui allait bénéficier du tirage inespéré de *À l'aube du troisième jour ?* Trébuchet, bien sûr !

Et le dénommé Marcel Prost, qui avait versé vingt-cinq mille francs pour voir son ouvrage édité, quel était son intérêt en cette affaire ?

À moins que… À moins que ce Marcel Prost ne soit qu'un fantôme, un personnage créé de toutes pièces par Frantz Trébuchet.

Mary s'aperçut soudain qu'elle roulait à vingt à l'heure. Derrière la Twingo, une file de voitures attendait pour la dépasser que la route s'élargisse. Elle mit son clignotant à droite et s'engagea dans un chemin de ferme. Les chauffeurs qui la suivaient purent enfin la doubler, certains en lui faisant au passage un geste d'humeur qu'elle ne vit même pas.

Elle s'arrêta sous un gros hêtre, ouvrit complètement ses vitres et s'adossa confortablement à son siège.

– Voilà, dit-elle en parlant toute seule, voilà… Trébuchet, pour remonter ses finances, décide de faire « un coup médiatique », comme il dit. Il profitera de la notoriété grandissante du festival pour rédiger un bouquin policier où il raconte un crime à venir, avec suffisamment de vraisemblance pour pouvoir être pris au sérieux.

Dans les charmilles bordant le petit chemin, les oiseaux s'en donnaient à cœur joie. La brise embaumait l'aubépine et deux gros papillons blancs dansaient dans l'air chaud devant le capot de la Twingo.

– Alors, dit Mary, sans voir les papillons, qui lui aurait donné les vingt-cinq mille balles ? Mais pardi, c'est lui ! Un investissement doit rapporter à l'investisseur. Marcel Prost n'a jamais existé ! Cherche à qui le crime profite, il profite à Frantz Trébuchet, indéniablement et, entre nous, ce n'est pas un bien grand crime. D'aucuns pourraient même considérer ça comme une habileté commerciale. Certaines vedettes de cinéma ne simulent-elles pas le vol de leurs bijoux pour que l'on parle d'elles ? Vont-elles en prison pour ça ? Que non ! Et ce fric en liquide, c'est, premièrement pour qu'on ne puisse pas remonter jusqu'au prétendu Marcel Prost, deuxièmement parce que la réputation exécrable de Frantz Trébuchet fait que pas une personne sensée n'accepterait un chèque de sa part.

– Un coup de pub, s'exclama-t-elle, voilà tout ce que c'est cette prétendue histoire d'enlèvement ! Ah, ils vont être soulagés au festival quand je vais leur raconter ça ! Demi-tour, ma vieille, en route pour Carhaix.

Elle relança la Twingo et dut faire quelques centaines de mètres pour trouver une entrée de champ où faire demi-tour. Ce fut en repassant devant le gros hêtre qu'une question cruciale s'imposa à son esprit : il fallait pourtant bien qu'il y eût un Marcel Prost ! Sinon, qui aurait écrit le bouquin ?

Elle freina si brutalement que le moteur cala.

– Ça ne peut pourtant pas être ce goret de Trébuchet, ni cette vieille taupe de Bernadette, se dit-elle en donnant un coup de poing sur le volant. *À l'aube du troisième jour* a été écrit par quelqu'un qui a une bonne connaissance du roman policier, qui use d'un vocabulaire, de tournures de phrases inconnues de ces deux archaïques. Et puis, pour avoir ces informations il fallait soit faire partie du conseil d'administration du festival, soit être capable de pénétrer dans le système informatique dudit festival.

Elle sourit en pensant à la vieille Underwood de la secrétaire qui était à l'informatique ce que la massue était au missile de croisière intercontinental.

Bernadette n'était pas, loin s'en faut, la rombière de l'Île-Tudy* qui surfait sur le web avec la virtuosité d'un teenager.

Et la lettre, la prétendue lettre que Marcel Prost s'était fait adresser à Brest, dans ce bistrot du port de commerce où les marins en escale se faisaient adresser leur courrier?

Elle redémarra. Il était grand temps d'aller voir à quoi ressemblait cette étrange poste restante.

✯

Le caboulot sis au 35 de la rue de la Rade avait pour enseigne « À l'île Molène ». Il occupait le rez-de-chaussée d'un petit immeuble de deux étages au toit en terrasse, sur sa façade couleur ocre s'ouvraient huit fenêtres sur deux niveaux.

Posés sur le trottoir, quatre guéridons de marbre attendaient le client.

Dans le bassin, de l'autre côté de la route, *Notre-Dame de Rocamadour* et *La Recouvrance*, deux vieux gréements, étaient amarrés à couple contre leur quai d'embarquement.

Leur faisant face, de grandes vedettes blanches assurant la visite de la rade étaient sur le départ.

Mouillées en rade, deux frégates peintes en gris faisaient office de brise-lames devant l'école navale. Des modèles déjà dépassés par les techniques nouvelles, que leur prochain voyage mènerait chez le ferrailleur.

* voir *Mort d'une rombière*

De gros goélands gris flottaient paresseusement sur les eaux irisées du port. Sur le terre-plein où stationnaient quelques voitures, un grand hangar portant une inscription : « Chantier du Guip ». Devant ce hangar, des troncs d'arbres débités en plateaux attendaient le bon vouloir des charpentiers de marine qui œuvraient à la réfection de vieilles coques. Ici, la marine à voile d'autrefois s'offrait un lifting entre les mains habiles des maîtres de hache.

Des coups de marteau se faisaient entendre, réguliers comme un mouvement d'horlogerie : couché sous une coque pansue, un calfat, la massette à la main, refaisait le bordage d'un ancien coquillier de la rade.

Mary entra dans le bistrot où régnait une pénombre fraîche. L'air sentait l'anis, le tabac, la sciure de sapin.

Quand on venait du dehors où le soleil de midi éblouissait, on n'y voyait plus rien. Puis les yeux s'accoutumaient peu à peu à la lueur glauque des néons et on distinguait le bar qui avait dû être à la mode dans les années soixante : du lamifié imitation bois partout, et aux murs un vert pistache qui venait d'être refait.

Sa venue avait interrompu les conversations. Au bar il n'y avait que des hommes qui la regardaient avec curiosité. Il ne semblait pas habituel qu'une jeune fille seule se risquât dans leur refuge.

Une femme sortit de l'arrière-bar en chantonnant d'une voix un peu rauque un succès de Piaf : « Je revois la foule en fête et en délire… »

Son chemisier de satin blanc à manches bouffantes était trop brillant, ses cheveux trop blonds, son pantalon noir trop serré. La rengaine se tut ; elle sortit une cigarette anglaise d'un paquet de carton doré, craqua - dans un geste affecté - une allumette qu'elle garda un instant devant des yeux d'un bleu presque transparent, puis elle tira une longue bouffée qu'elle rejeta vers le plafond en un long soupir.

Mary se retint de sourire. Le numéro de séduction était au point pour des matelots venant de passer trois mois en mer : l'allumette pour mettre en valeur le bleu des yeux, le pantalon serré pour faire valoir les formes généreuses de l'hôtesse.

– Oui ? dit-elle enfin de cette voix rendue rauque par l'abus de tabac.

Elle considérait Mary avec une curiosité vaguement hostile, un air de dire : « tu t'es trompée d'adresse, ma petite, qu'est-ce que tu viens foutre dans mon rade ? ».

Dans un tel contexte, mieux valait jouer les godiches.

– Un café, s'il vous plaît.

Sans mot dire, la barmaid s'en fut au percolateur, la cigarette fichée au coin des lèvres.

« Emportée par la foule, qui nous roule… »

Elle s'y croyait vraiment. Enfin, elle quitta la poésie pour revenir au commerce.

– Six francs, annonça-t-elle en poussant la tasse devant Mary.

En fait, son air peu amène cachait une curiosité mal dissimulée.

– Merci, dit Mary en posant une pièce de dix francs sur le comptoir.

À l'autre bout du bar un sexagénaire au visage

marqué de rides profondes tétait un trognon de cigare en jetant distraitement des dés sur une piste de 421.

Deux hommes buvaient de la bière en discutant à voix basse, se donnant, sans le vouloir, des airs de conspirateurs. Quatre autres s'installaient bruyamment à une table où étaient disposés des couverts. Des baffles dissimulés derrière la dernière rangée de bouteilles avant le plafond diffusaient une musique sirupeuse comme un fond sonore de Monoprix.

– Dites-moi, madame, fit Mary en se penchant, est-ce vous que j'ai eu au téléphone la semaine dernière ?

– Ça se peut. C'était pourquoi ?

Toujours ces mots jetés du coin des lèvres où la cigarette restait fichée, déjà marquée de rouge.

– Au sujet d'une lettre que j'avais adressée à monsieur Marcel Prost.

– Ah, c'était toi ?

Ici aussi on tutoyait d'emblée.

Mary hocha la tête.

– Vous vous souvenez ?

– Pff, fit la femme dans un nuage de fumée, j'me souviens qu'on m'a appelée à ce sujet, oui, pour ce qui est du type, j'vois pas. C'est un marin ?

Mary regarda autour d'elle comme quelqu'un qui se méfie puis elle se pencha de nouveau :

– Non, un représentant que j'ai rencontré en boîte.

– Hon hon ! fit la fille d'un air entendu.

L'histoire commençait à l'amuser.

– Et il habite Brest ?

– Oui, dit Mary. Et comme il est marié, il m'a demandé de lui écrire ici.

– Et alors?

– Je l'ai fait, voici plus de trois mois, et il ne m'a toujours pas répondu.

– Ben ma jolie, dit la barmaid d'une voix lasse, on voit bien que tu ne connais pas les bons-hommes. Une fois qu'ils ont eu ce qu'ils voulaient, salut!

– Vous croyez? demanda Mary avec un air effrayé.

– Humph, fit l'autre, tu es jeune hein?

C'était un constat. Elle poursuivit en continuant de tutoyer Mary :

– Oublie-le, ma fille.

Elle posa la main sur le poignet de Mary :

– J'espère que ce salaud ne t'a pas foutu un polichinelle dans le tiroir?

– Oh non, dit Mary en prenant un air affolé. Vous croyez qu'il ne me répondra pas?

La barmaid haussa les épaules, accablée par tant de naïveté et se retourna pour aller prendre une pile d'enveloppes derrière le comptoir. Elle en prit une et la posa devant Mary :

– Comment qu'il pourrait te répondre, alors qu'il n'est même pas venu chercher sa lettre?

– Oh, dit Mary en jouant la stupéfaction. Ça alors! J'espère qu'il ne lui est pas arrivé un accident!

La barmaid secouait de nouveau la tête devant tant de candeur :

– Toi alors, t'en vaux dix! T'as pas compris? demanda-t-elle en se penchant sur Mary, ton type là, ton Marcel je ne sais pas quoi, il a tiré son coup et il s'est barré. T'es pas près de le revoir. Si tu veux un conseil, oublie-le !

Elle tendit l'enveloppe à Mary :

– Tiens, prends ta lettre et ne t'en fais pas, un de perdu, dix de retrouvés.

Elle se tourna vers les matelots :

– Pas vrai les gars ?

Ils s'esclaffèrent :

– T'as raison, Marinette !

Ils dévisageaient complaisamment Mary :

– Gironde comme elle est la petite... On peut se dévouer, mignonne, si tu manques de tendresse...

Marinette poussa les dix francs vers Mary :

– Tiens, reprends ta pièce, tu me fais de la peine, le café c'est pour moi.

Mary mit sa lettre en poche et sortit, l'air accablé sous les regards goguenards des matelots.

Son accablement ne dura que le temps de retourner à sa voiture. Poussant ses vitesses à fond, elle fila vers Quimper.

CHAPITRE XI

– Voilà, patron, dit-elle moins d'une heure plus tard en posant la lettre sur le bureau du commissaire Fabien.

– Qu'est-ce que c'est que ça ? demanda Fabien en prenant l'enveloppe.

Il lut la suscription et s'exclama :

– Nom de Dieu !

Puis il regarda Mary :

– Où l'avez-vous trouvée ?

– 35, rue de la Rade à Brest, dans un bar à matelots ayant pour raison sociale « À l'île Molène ».

– C'est la lettre que…

– J'ai toutes les raisons de le penser, patron, mais ouvrez, ouvrez !

Il la regarda d'un air suspicieux :

– Vous ne l'avez pas lue ?

– Je voulais vous en faire la surprise. Moi, je sais ce qu'elle contient, je pourrais presque vous la réciter.

– Sans l'avoir lue ?

– Ouais.

Le commissaire posa la lettre sur la table et la prit au mot :

– Eh bien, allez-y!

Mary s'assit devant le bureau du commissaire et dit : – Ça doit commencer comme ça : « Éditions du Trébuchet à Monsieur Marcel Prost ». Le commissaire avait sorti d'un tiroir une paire de gants de caoutchouc fin et, avec un long coupe-papier chromé, il fendait l'enveloppe. Il en sortit une feuille de papier format commercial sur laquelle il posa les yeux :

– Jusque-là, ce n'est pas mal, approuva-t-il.

Mary Lester, concentrée, poursuivit :

– Monsieur, Suite à votre envoi du... - je n'ai pas la date exacte mais ça doit se situer en mars - je vous confirme notre accord pour publier *À l'aube du troisième jour* selon les modalités que vous exposez dans votre honorée du... - je n'ai toujours pas la date exacte -. Ainsi que convenu, votre ouvrage sera mis sous presse dès que nous aurons reçu votre envoi de vingt-cinq mille francs, et distribué en librairie à réception d'un second envoi de la même somme. Veuillez agréer, Monsieur, mes salutations les plus distinguées.

Le commissaire eut une moue admirative :

– Bravo lieutenant, je ne vous connaissais pas ce don de double vue! À quoi tout ceci nous mène-t-il?

– Aux éditions du Trébuchet, patron. Le prétendu Marcel Prost n'a jamais reçu cette lettre, puisque, comme vous avez pu le constater, elle n'a jamais été ouverte. Trébuchet ment! Il n'a jamais reçu la moindre somme par la poste. Il a financé lui-même l'édition du bouquin. Marcel Prost existe-t-il, d'ailleurs?

Le commissaire fit le même raisonnement qu'elle :

– Il faut pourtant bien que quelqu'un l'ait rédigé, ce sacré bouquin ! Tels que vous me les avez décrits, je vois mal les deux fossiles en train de verser dans la littérature policière.

– Moi aussi, patron, et c'est là que le bât blesse : il y a forcément un troisième homme. Je pense sincèrement que monsieur Frantz Trébuchet a l'esprit assez tordu pour avoir inventé cette histoire de fou. Cependant, il est incapable de la rédiger lui-même, du moins sous la forme que j'ai lue.

– Je vous l'accorde. Il a peut-être eu recours à un « nègre » …

– Peut-être, dit Mary.

– Cependant, poursuivit le commissaire, personne n'est mort, il n'y a pas eu d'autre délit que celui qu'on pourrait peut-être qualifier d'outrage à magistrat…

– Alors, dit Mary, on laisse tomber ?

– Non. Vous retournez à Carhaix jusqu'à la fin du festival. On ne sait jamais.

– Et Trébuchet ?

– Celui-là, on le laisse tomber.

C'était catégorique.

– Ça alors ! s'exclama Mary.

– Je comprends votre dépit, dit Fabien, le personnage est assez répugnant. Mais le poursuivre serait lui rendre service : avec l'aide d'un avocat il crierait à la persécution judiciaire, il ameuterait les journaux. Soyez sûre qu'il n'attend que ça ! Quelle publicité ça lui ferait ! Et ça nous retomberait sur le nez. Moins on en parlera, mieux ça vaudra. Son but est de vendre un maximum de son fichu bouquin, laissons-le faire, le soufflé retombera de lui-même. Dans cinq jours le Festival des Vieilles Charrues sera terminé et plus personne ne s'intéressera aux éditions du Trébuchet.

– Sauf qu'il se prévaudra, dit Mary, du tirage important de son bouquin pour faire de nouvelles victimes chez les auteurs en quête d'éditeur.

– Nous ne pouvons pas l'en empêcher, dit Fabien. Nous sommes là pour réprimer ce qui est illégal, or nous savons tous que de telles pratiques existent au plan national. Ces maisons d'édition « à compte d'auteur » se permettent même de faire de la publicité dans des journaux sérieux qui les acceptent.

Il regarda Mary en jouant avec l'enveloppe :

– Il n'est pas dans notre rôle d'intervenir là-dedans. Maintenant, jeune fille, retournez donc à votre festival et, quoi qu'il en soit, ouvrez l'œil.

– Bien patron. Au fait, comment va votre belle-mère ?

– Oh, beaucoup mieux. Elle est en convalescence dans une maison spécialisée et ma femme a pu rentrer.

– Tant mieux. Vous devez être bien soulagé !

Le commissaire Fabien la regarda par en dessous et lâcha :

– Comme vous dites !

La porte refermée, Mary pouffa de rire. Elle aurait aimé avoir son Minolta en main pour immortaliser ce « comme vous dites ! »

☆

L'imprimerie de Arts Graphiques à Spézet était en pleine bourre. Le patron eut à peine le temps de recevoir Mary Lester. Il lui conseilla de s'adresser à côté, à l'entreprise de distribution « Coop Breizh » où elle fut reçue par son directeur, que tout le monde appelait familièrement par son prénom breton, Yann.

Le Yann en question, taillé comme le lutteur breton qu'il avait dû être en sa jeunesse, compensait sa courte taille par une carrure impressionnante. Il portait la barbe en un collier soigneusement taillé et des yeux rieurs brillaient derrière ses lunettes de myope.

Il serra la main à Mary et s'enquit du motif de sa visite.

– C'est au sujet de ce bouquin, *À l'aube du troisième jour*, dit-elle.

Yann frotta ses mains l'une contre l'autre :

– Vous avez vu ça, dit-il, Trébuchet qui fait un tabac, et avec un bouquin policier encore. Je croyais avoir tout vu dans ce métier, mais ça…

– La presse l'a bien aidé, dit Mary.

– Il faut dire qu'il a bénéficié de circonstances plus que favorables. Les deux mille premiers exemplaires ont été épuisés en moins d'un mois, maintenant il retire à dix mille.

– C'est beaucoup ? demanda Mary.

– Énorme !

– Vous pensez qu'il va tout vendre ?

– C'est bien possible. Surtout s'il se passe quelque chose au festival…

– Il a de quoi financer ce nouveau tirage ?

– Avec ses premières ventes, oui.

– On m'avait dit qu'il était en situation difficile.

Yann pouffa :

– On vous a dit ça ?

– Ce n'est pas vrai ?

Il pouffa de nouveau :

– Si vrai que c'est un euphémisme. Il y a des années, que dis-je, des dizaines d'années que les éditions du Trébuchet n'ont pas sorti un bouquin qui se soit vendu à mille exemplaires.

– À quoi peut-on l'attribuer ?

Yann haussa ses larges épaules :

– Ce n'est pas tout de faire des bouquins qui plaisent à l'éditeur, encore faut-il qu'ils plaisent également au public. Or il semble que Trébuchet - est-ce par orgueil, est-ce par bêtise (peut-être les deux conjugués) - va régulièrement à l'encontre des conseils que nous essayons de lui donner. C'est un monsieur qui, depuis plus d'un quart de siècle qu'il a repris la maison familiale, se plante régulièrement, avec une constance digne d'admiration ; ce qui ne l'empêchait pas, jusqu'à une date relativement récente, de pontifier à la chambre des métiers et de prodiguer des conseils à qui voulait bien l'écouter.

– D'après ce qu'il m'a dit, fit Mary, les éditions du Trébuchet ont connu autrefois une certaine notoriété.

– Et comment ! Quand je suis arrivé dans la région pour monter cette maison de distribution, les Trébuchet père et fils ne nous regardaient pas. Nous n'existions pas à leurs yeux. Distribuer leurs productions? Pour quoi faire? Les clients venaient solliciter l'honneur d'être servis par la maison Trébuchet. Trébuchet est resté un patron du XIXe siècle. Vous avez vu, leur boutique n'est même pas informatisée!

Mary regardait le hangar immense dans lequel des milliers de livres et de disques s'entassaient sur des étagères, soigneusement rangés. Et puis le hall tout neuf, sur lequel s'ouvraient les bureaux vitrés où des secrétaires affairées travaillaient sur des ordinateurs de la dernière génération.

– Maintenant, poursuivit Yann, il vient pleurer chez nous pour qu'on place ses ouvrages dans les librairies.

– Et vous les prenez? Vous êtes bien bon.

– Nous sommes commerçants, dit Yann, nous ne méprisons personne - on voit où ça mène - nous ne dédaignons rien. Voyez, tout arrive, Trébuchet a peut-être sorti le best-seller de l'été.

– Qu'est-ce que vous en pensez?

– De son bouquin?

– Oui.

– Rien.

Il réfléchit et ajouta après un moment de silence :

– Rien, sinon qu'il se vend. Pour tout vous dire, le policier n'est pas le genre littéraire que je préfère.

– Et cette polémique sur cet artiste qui devrait être enlevé « à l'aube du troisième jour »?

– Ça me fait penser à une campagne publicitaire soigneusement orchestrée.

– Ça fonctionne?

Yann sourit :

– Parfaitement.

Il se mit à rire :

– Même de façon inespérée.

– Et cette campagne, elle serait orchestrée par qui ? demanda Mary. Trébuchet n'a pas les moyens de se payer les conseils d'une agence de pub.

– Je ne saurais vous le dire, mademoiselle Lester, dit Yann en souriant de plus belle, après tout, c'est vous qui êtes de la police.

Un employé en blouse grise passait, poussant devant lui un chariot transpalette contenant un mètre cube de bouquins.

– Où est-ce que je les mets, Yann ?

– Porte-les directement aux expéditions.

Il se tourna vers Mary :

– Si vous voulez bien m'excuser, tout ceci doit être dispatché ce soir, pour partir avec l'office demain.

– L'office ?

– C'est le jour de grosse expédition, expliqua succinctement Yann. Avec le succès de *À l'aube du troisième jour*, il y a du pain sur la planche, il va falloir que tout le monde s'y mette.

Elle lui souhaita bon courage et sortit. Dans la cour, une nouvelle palette sortait de l'imprimerie et prenait elle aussi le chemin de l'atelier des expéditions.

Ce salopard de Trébuchet avait bien réussi son coup !

CHAPITRE XII

Confiné dans sa tanière, le père Trébuchet se frottait les mains. Oui, il avait réussi son coup. Il ne se passait pas de jour sans que la presse, la télévision fasse mention du livre de Marcel Prost. Et bien sûr, les ventes s'envolaient. Tous les libraires voulaient *À l'aube du troisième jour*, les grandes surfaces les commandaient par cartons entiers si bien qu'il ne se lassait pas de lire et de relire les bordereaux de commande comme si c'eût été la plus belle littérature qu'il lui eût été donné de connaître.

Quelle revanche sur tous ceux qui avaient enterré trop tôt la grande maison Trébuchet !

Il entendit le carillon de la porte d'entrée tintinnabuler puis sa porte capitonnée s'ouvrit à la volée et Mary Lester fit son entrée :

– Mais... bêla-t-il surpris.

– Monsieur Trébuchet, dit Mary d'une voix énergique, vous m'avez menti !

– Mais... redit-il encore.

Mary jeta l'enveloppe adressée à Marcel Prost sur le bureau ; Trébuchet la considéra avec hostilité et crainte et bredouilla :

– Qu'est-ce que c'est que ça ?

– Lisez !

Il tendit une main hésitante vers l'enveloppe. Dans son dos, Mary sentit une présence. Elle se retourna. Bernadette, la secrétaire, se tenait dans l'embrasure de la porte, serrant de ses mains jointes sur son maigre bréchet les pans de son châle mauve. D'où était-elle sortie ? Mary ne l'avait pas vue dans le magasin. Derrière les lunettes cerclées d'acier, deux petits yeux noirs fusillaient Mary Lester.

Trébuchet avait sorti le feuillet de son enveloppe, et lisait en silence. Il leva les yeux et dit à Mary Lester :

– Eh bien ?

– Eh bien, répéta-t-elle, c'est tout ce que vous trouvez à dire ?

Il la regarda, interdit, et ça parut tellement sincère à Mary qu'elle se dit : « ce type est un comédien de tout premier ordre », opinion qu'elle tempéra aussitôt : hors en orgueil et en suffisance, Trébuchet ne pouvait en aucun cas être de premier ordre.

Cet imbécile ne sait rien, pensa-t-elle en se tournant vers la secrétaire qui, immobile, la fixait comme si elle était le diable.

Elle s'appuya des deux poings sur le bureau de l'éditeur :

– Monsieur Trébuchet, savez-vous d'où vient cette lettre ?

– Bien évidemment ! Ne vous en ai-je pas parlé en son temps ? C'est la lettre que nous avons adressée à Marcel Prost.

Il brandit le papier :

– Tenez, je l'ai signée, là !

Il reprenait peu à peu de son assurance :

– Et je ne comprends pas votre attitude, mademoiselle. Sachez qu'il y a des lois dans ce pays, et vous aurez à rendre compte…

– Rendre compte de quoi, monsieur Trébuchet? Allons, laissez tomber les grands mots : dites-moi plutôt qui est Marcel Prost!

Il tenta d'ironiser :

– Vous devez le savoir mieux que quiconque puisque vous avez par-devers vous la lettre que je lui ai adressée…

Elle admira le « par-devers vous » comme il convenait avant de le couper :

– Et qu'il n'a jamais reçue!

Le gros en resta bouche ouverte :

– Jamais reçue? Mais alors comment…

– Comment vous a-t-il adressé ces vingt-cinq mille francs? Je vous le demande, monsieur Trébuchet. Je me demande même si vous les avez reçus.

Trébuchet sursauta comme s'il avait touché une ligne à haute tension.

– Jamais reçus?

Son regard fit le tour de la pièce, sa bouche était l'illustration parfaite du cul de poule prêt à pondre. Il sembla frappé par une idée soudaine :

– Mais d'abord, où avez-vous trouvé cette lettre?

– Vous ne devinez pas? Mais à l'adresse que vous m'avez obligeamment fournie, au 35 de la rue de la Rade, à Brest. Et savez-vous ce qu'il y a au 35 de la rue de la Rade à Brest, monsieur Trébuchet?

Elle n'attendit pas la réponse :

– Un bar à matelots qui s'appelle « À l'île Molène », ça vous dit quelque chose?

Trébuchet secoua la tête négativement, ce qui fit trembler ses grosses bajoues.

– Cette lettre, poursuivit Mary, attendait patiemment parmi quelques autres depuis le…

Elle regarda l'enveloppe :

– Depuis le 19 mars.

Trébuchet regardait Mary, éperdu :

– Je ne comprends rien à ce que vous me dites!

Et c'était vrai, il ne comprenait rien, il était visiblement stupéfait par tout ce qu'il apprenait.

– Qui a posté cette lettre? demanda Mary.

– C'est moi, dit Trébuchet.

– Vous en êtes sûr?

– Certain.

– C'est toujours vous qui postez le courrier?

– Non, d'ordinaire c'est Bernadette, mais cette lettre-là était tellement importante que j'ai tenu à la porter moi-même à la poste.

– Je vois, dit Mary.

– Vous voyez quoi?

Elle pensa par-devers elle, comme aurait dit Trébuchet : « quel c… ». Et elle aurait juré que cette bonne Bernadette pensait de même. Mary se retourna vers la secrétaire, mais elle avait disparu si discrètement qu'on ne l'avait pas entendue partir.

Bien évidemment, cette lettre n'était pas destinée à être postée. Et elle ne l'aurait pas été si Trébuchet n'avait tenu à s'en charger personnellement. Un excès de zèle qui avait fait le bonheur de Mary. Sinon, une fois la lettre signée, Bernadette l'aurait détruite au lieu de la mettre à la boîte. Il y avait là une machination qui échappait totalement à Trébuchet. Lui ne faisait que se réjouir de ses ventes importantes. Oui, il y avait une machination dont Bernadette, si elle n'en était pas l'instigatrice, était un acteur essentiel. Elle et le dénommé Marcel Prost qu'elle connaissait!

– Pouvez-vous faire venir votre secrétaire? demanda Mary à Trébuchet.

– Ici? fit-t-il stupidement.

– Eh, où voulez-vous?

Il appela :

– Bernadette! Bernadette!

Personne ne venant, il cria plus fort :

– Bernadette! Bernadette!

Puis il finit par se lever de son siège en s'appuyant pesamment des deux mains sur son bureau, comme si toute la misère du monde venait de s'abattre sur ses épaules. Il poussa la porte capitonnée et revint, hagard :

– Elle n'est pas là! dit-il d'une voix blanche.

Mary le rejoignit dans le magasin désert. En effet, il n'y avait plus personne. Elle fit sonner le mobile au-dessus de la porte.

– Et on n'a rien entendu!

– Il y a une autre sortie là, dit Trébuchet en montrant le pignon de la maison où, en retrait d'une grosse cheminée de pierre, on apercevait une porte de grosses planches mal jointes.

Il revint à son bureau et se laissa tomber sur son siège, accablé :

– Qu'est-ce que tout ça veut dire?

– C'est à vous de me l'expliquer, dit Mary qui l'avait rejoint.

– Expliquer quoi?

Mary le considéra avec pitié; où était passé son

orgueil ? Trébuchet haletait légèrement, comme une bête acculée, dépassé par des événements auxquels il ne comprenait plus rien.

– Au mieux dit Mary, nous sommes en présence d'une manœuvre publicitaire à l'extrême limite de la légalité.

– Au mieux ! dit Trébuchet dans un souffle.

Il s'épongea le front et sortit de son tiroir une bouteille plate qu'il déboucha en regardant Mary d'un air de défi. Un air de dire : « Eh oui, je picole ! et après ? C'est défendu peut-être ? »

Mary secoua la tête de droite à gauche sans rien dire. Elle avait pitié du bonhomme, un pauvre type qui, depuis un quart de siècle, s'efforçait de marcher avec des bottes trop grandes pour lui. Ses parents lui avaient légué une entreprise prospère et Frantz Trébuchet était né, comme dit le populaire, avec une cuiller d'argent dans la bouche. Ce que ses géniteurs n'avaient pas su lui léguer, c'était leur savoir-faire, leur sens des affaires. En revanche, du point de vue morgue et suffisance, il avait été servi à satiété. Le vingtième siècle touchait à sa fin et la maison Trébuchet en était toujours à des façons du dix-neuvième. Tout ceci ne pouvait conduire qu'au désastre. Et le désastre, on l'avait là, sous les yeux : l'obsolescence irrémédiable des aîtres, des choses, des gens.

– Votre secrétaire a-t-elle l'habitude de s'absenter de la sorte ?

Trébuchet hocha de nouveau la tête :

– Je ne sais pas, je ne suis pas toujours là.

Son haleine empestait le whisky.

– Mais quand vous y êtes ?

Il rentra sa tête ronde dans ses épaules. Il ne savait que dire.

– Où habite-t-elle ?

Il leva les yeux au plafond :

– Là-haut.

Et il ajouta d'une voix plus basse, comme s'il avait honte :

– La maison lui appartient.

– Ah, dit Mary, je croyais que c'était le siège de votre famille depuis des siècles.

Trébuchet soupira :

– C'était… Mais vous savez, les affaires, ça va, ça vient… À un moment donné, j'ai dû vendre.

Il égrenait les mots difficilement, comme s'ils lui écorchaient la bouche.

Oui, il avait dû vendre le dernier morceau de son héritage, celui qui, probablement, lui tenait le plus à cœur. Comme il avait dû liquider tout son patrimoine au fil du temps, au gré des nécessités.

– Et c'est Bernadette qui a racheté.

Il acquiesça silencieusement de la tête. C'était visiblement un souvenir qui lui faisait mal.

– Quel est son nom de famille ?

– Péroné, Bernadette Péroné.

– Il y a longtemps qu'elle est chez vous ?

– Un demi-siècle, ou plus. Elle était déjà là du temps de mon grand-père.

– Elle devrait être en retraite depuis longtemps.

– Oui.

– Pourquoi la gardez-vous ? demanda Mary.

À peine avait-elle posé la question qu'elle la regretta. C'était évident, Trébuchet n'avait pas les moyens de payer normalement une secrétaire. Il n'aurait d'ailleurs probablement pas eu de travail à lui fournir. C'était ce que la mimique que fit l'éditeur avouait.

Il ne répondit pas.

– Et vous, monsieur Trébuchet, où habitez-vous ?

L'éditeur leva à nouveau les yeux au plafond :

– Là-haut ?

Elle s'étonna :

– Vous aussi ? Ça n'a pas l'air bien grand.

– Oh, vous savez, à mon âge… Une pièce où dormir… on se contente de peu.

Maintenant il adoptait le profil bas, jouait à la victime, à l'homme malchanceux contre qui le mauvais sort s'acharne et qui sait se résigner à subir ses coups les plus perfides.

– Madame Péroné est peut-être rentrée chez elle, suggéra-t-elle.

– Non, dit Trébuchet, on l'aurait entendue. Dès qu'on marche, le plancher craque.

– Où peut-elle être allée ?

– Je ne sais pas.

– Elle vit seule ?

– Oui.

– Pas de famille ?

– Personne ne vient la voir.

– Ça ne répond pas à ma question. A-t-elle été mariée ?

– Non.

– Elle n'a pas d'enfants ?

– Je vous dis qu'elle n'a jamais été mariée !

– Il n'est pas nécessaire d'être marié pour avoir des enfants !

Trébuchet prit un air excédé :

– Je vois que vous avez prêté l'oreille aux ragots.

– Quels ragots ?

– Ceux de la vieille folle d'en face ! Elle passe son temps à nous épier, elle a fait courir des bruits sur Bernadette... C'est odieux !

– Quels bruits ?

Il la regarda sans répondre.

– Vous ne voulez pas me le dire ? Vous préférez que j'aille lui demander ?

À cette perspective, Trébuchet s'affola :

– Ça fait des années qu'elle a raconté que Bernadette a eu un enfant d'un officier allemand. C'était pendant la guerre.

– C'est vrai ?

Trébuchet baissa la tête comme s'il regardait en lui-même et dit à voix basse, de mauvaise grâce :

– Je n'en sais rien.

Et il ajouta après un silence :

– En tout cas, ces ragots ont fait leur œuvre : Bernadette a été tondue à la Libération.

– Et l'enfant ?

Il s'emporta :

– Eh, l'enfant, l'enfant, personne ne l'a jamais vu ! Ce ne sont que des « on dit » colportés par une vieille folle. C'est vrai, Bernadette s'est absentée quelques mois à la fin de la guerre, c'était une période trouble... Et puis la vie a repris son cours et Bernadette son travail. Les racontars sont allés bon train, nous sommes dans une toute petite ville, vous savez.

Mary fit un rapide calcul :

– Mais cet enfant, s'il existe, aurait donc cinquante-cinq ans, environ. Quel âge avez-vous, monsieur Trébuchet ?

– Cinquante-six ans.

– Il - ou elle, si c'est une fille - aurait donc votre âge ?

Le gros bonhomme s'était ramassé sur son siège comme s'il était en proie à une douleur intense.

Il reprit sa bouteille plate, rebut au goulot et dit :

– À peu près.

– Et vous ne l'avez jamais vu ?

Il secoua négativement la tête sans regarder Mary.

« Toi mon bonhomme, se dit-elle, tu me caches encore quelque chose ». Elle changea de sujet.

– Comment une simple secrétaire a-t-elle pu racheter la maison de son patron ?

– Elle n'a pas coûté cher, dit Trébuchet, le prix d'un recouvrement impayé au Trésor public. Bernadette a été la seule à enchérir lors de l'adjudication.

Il parlait maintenant d'une voix si basse que Mary avait du mal à le comprendre.

– Vous lui payez un loyer ?

Il eut un pauvre sourire :

– Avec quoi ?

– Bien entendu vous ne lui versez pas de salaire non plus.

À nouveau ce pauvre sourire, ce geste d'impuissance de ses bras trop courts.

– Je suppose que Bernadette perçoit une retraite, elle.

– Depuis des années. Elle ne vient ici que pour occuper son temps.

Il la regarda, résigné :

– Vous allez nous faire des ennuis.

Ce n'était pas une question mais une constatation.

– On verra. Je reviendrai quand Bernadette sera là. Il y a quelques points qu'il faudra que nous éclaircissions ensemble.

CHAPITRE XIII

Bien entendu, Mary n'eut rien de plus pressé, en sortant de chez Trébuchet, que d'aller sonner à la maison d'en face.

La porte s'ouvrit aussitôt et une petite vieille vive comme une souris s'écria d'une voix fluette :

– Entrez, mais entrez donc!

Mary fut surprise : d'ordinaire les gens, surtout les personnes âgées, étaient extrêmement méfiants. Elle se souvint de ses difficultés pour rencontrer les vieilles personnes à Douarnenez, à l'Île-Tudy*. Le développement de la délinquance, les faux agents de l'EDF venant piller les armoires expliquaient cette méfiance.

– Vous étiez chez Trébuchet!

Ce n'était pas une légende, la « vieille folle », comme disait Frantz Trébuchet, montait une garde vigilante derrière ses carreaux. Elle était si voûtée qu'elle en paraissait presque bossue.

– Par ici, dit-elle en précédant Mary dans une sorte de salon dont la fenêtre donnait sur la rue.

Près de cette fenêtre il y avait un Voltaire recouvert d'un velours cramoisi et râpé. C'était là que devait se tenir la vieille femme. Un des coins du

* voir *Boucaille sur Douarnenez* & *Mort d'une rombière*

rideau blanc était grisâtre. Ce devait être là qu'elle portait la main pour l'écarter et ainsi voir sans être vue. Un gros matou gris dormait sur un coussin aux pieds du fauteuil.

La vieille dame ne proposa pas à Mary de s'asseoir. Elle était trop impatiente de distiller son venin.

– Méfiez-vous, ce sont de mauvaises gens, dit-elle en fronçant le nez.

– Qu'entendez-vous par là ?

– Surtout elle, dit la vieille sans répondre à la question. Le fils Trébuchet, lui, c'est un benêt, mais elle, c'est une vipère !

– Vous semblez la connaître depuis bien longtemps.

– Eh, il y aura quatre-vingt-quatre ans en novembre que je vis dans cette maison ! alors, vous pensez...

Mary ne savait pas ce qu'il fallait penser mais elle demanda :

– Elle a un enfant, je crois.

– Oui, une fille qu'elle a eue à la Libération. On a dit qu'elle avait couché avec des Allemands...

– C'est pour ça qu'elle a été tondue ?

– Oui ! vous avez su ?

Elle se frottait les mains et, derrière ses lunettes, ses petits yeux vifs jubilaient.

– Bien fait ! dit-elle méchamment.

– Vous semblez lui en vouloir beaucoup, dit Mary. Vous avez travaillé avec elle ?

– Oui, trente-deux ans dans cette boîte. Ce qu'elle nous en a fait baver cette garce ! Sous prétexte qu'elle était la poule du patron, et qu'elle travaillait dans les bureaux, elle se croyait tout permis.

– Ah, parce que c'était la petite amie du patron!

– C'est ce que je vous dis!

– Donc l'enfant qu'elle a eu serait en quelque sorte la demi-sœur de Frantz.

– Non, vous n'y êtes pas! Elle était la poule de monsieur Victor.

– Et monsieur Victor était?

– Le grand-père de Frantz!

– Le grand-père… Mais quel âge avait-il?

– Je ne sais pas, à l'époque il nous paraissait très vieux. Cinquante, soixante ans peut-être? Dame, nous avions seize ans, alors un type de soixante ans, c'était un grand-père!

– Vous dites « nous ». De qui parlez-vous?

– Eh bien, des filles de l'atelier, tiens!

– Ah, dit Mary. Vous étiez nombreuses?

– Il y a eu jusqu'à cinquante personnes dans la maison Trébuchet!

– Qu'y faisait-on?

– Beaucoup de publications. Et puis des cartes postales, énormément de cartes postales. On les emballait par douze, avec les enveloppes.

– Et elle?

– Elle qui? Ah, Bernadette? Elle était notre aînée, mais de peu. Elle devait avoir dix-huit ans.

– Eh bien! dit Mary effarée.

– Monsieur Victor, poursuivit la vieille, était un monsieur. Il en imposait avec ses grosses moustaches en croc, sa haute taille, sa grosse voix. Quand il venait aux ateliers plus personne ne parlait. On aurait entendu une mouche voler.

Il marchait dans les allées en regardant notre travail par-dessus notre épaule. Ça, on n'en menait pas large quand il était là. Et puis il entrait dans la cabine vitrée où était le bureau et on ne le voyait plus. C'est là qu'elle travaillait, la garce !

– Vous voulez parler de Bernadette ?

– Eh, de qui d'autre parlerais-je ? Ah dame, c'était une belle fille, et elle le savait !

Mary regardait la vieille qui se frottait toujours les mains avec une satisfaction méchante. Avaient-elles été rivales ? Non, elle s'en défendait :

– C'était pas difficile d'exciter ce vieux cochon. Si j'avais voulu, et d'autres que moi...

Elle en avait encore des regrets.

Mary la regarda avec pitié. Jalousie, quand tu nous tiens... Elle revint à l'actualité :

– Et son fils ?

– Monsieur Ernest ?

– Attendez, fit Mary qui commençait à perdre pied dans toute cette généalogie, ce monsieur Ernest était le père du Trébuchet qui est là, maintenant ?

– C'est ce que je vous dis, s'impatienta la vieille. Il faisait comme tout le monde, monsieur Ernest, il filait doux devant son père. Dame, c'est qu'il n'était pas commode, monsieur Victor ! D'ailleurs, pendant la guerre, Ernest a préféré rejoindre le général à Londres que de rester sous la coupe de son père. Le vieux le traitait comme un moins que rien. Pourtant il était gentil, monsieur Ernest ! Quand il est revenu de la guerre, son fils Frantz avait un an.

– Donc Ernest était marié...

– C'est ce que je vous dis !

La vieille femme regardait Mary comme elle eût regardé une demeurée. Elle ne comprenait rien, celle-là. C'était pourtant simple…

– Puisqu'il a eu un enfant…

Mary hocha la tête pour signifier qu'elle avait compris.

– Quant à Bernadette ?

– Bernadette avait pondu le fruit du péché bien discrètement et avait repris ses fonctions, plus arrogante que jamais au sein de la maison.

Au passage Mary admira ce « fruit du péché » comme il convenait.

– C'est là qu'elle vous en a fait baver ? demanda Mary.

– Oui, on aurait dit qu'elle en voulait au monde entier de ce qui lui était arrivé.

– Dites donc, il y avait de quoi être remontée, dit Mary. Ces histoires de tondre les femmes, ce n'était pas joli joli. En plus, si j'ai bien compris, cette accusation d'avoir couché avec un Allemand était fausse, puisque le père de l'enfant n'était autre que le patron de l'époque, ce fameux monsieur Victor.

– L'époque n'était pas jolie jolie non plus. Qu'il y ait eu de la vengeance, je ne dis pas, elle s'était mis tous les employés à dos et, forte de sa relation avec monsieur Victor, elle les narguait sans cesse.

Elle secoua la tête et ajouta :

– Qu'importe, il y avait du travail, les éditions du Trébuchet tournaient à plein, ce n'est pas comme maintenant, dit-elle avec un mouvement du menton. L'autre imbécile là - elle montrait la maison d'en face d'un geste du menton - avec sa folie des belles voitures, des yachts de course, avec son air de ch..r sur le monde entier, il a tout bouffé : les fermes, l'atelier, la maison du pont de Rohan et il vit comme une bête dans cette pauvre baraque.

– Frantz Trébuchet m'a dit que personne ne venait jamais rendre visite à Bernadette.

– Qui voulez-vous qui vienne? Je vous l'ai dit, tous ceux qui ont travaillé avec elle la détestaient.

– Et sa fille? Ne m'avez-vous pas dit qu'elle avait une fille?

– Bernadette n'a jamais voulu qu'elle vienne à Landerneau. Pensez, ça aurait été reconnaître qu'elle avait fauté.

De nouveau Mary hocha la tête: « elle avait fauté! » Mon Dieu, quel vocabulaire, quelle mentalité! Dire qu'à une demi-heure de là, à Carhaix, ses nouvelles copines et quelques milliers d'autres filles recherchaient l'âme sœur pour pouvoir « fauter » au clair de lune et en musique. On dirait ce qu'on voudrait de la dérive des mœurs, elle aimait mieux ça!

– Vous la connaissez, cette fille?

– Non. Je sais qu'elle s'appelle Victorine, en hommage à son vieux papa et qu'elle vivrait à Brest.

– Je vous remercie, dit Mary.

À présent elle avait hâte de quitter ce petit salon lugubre qui sentait le pipi de chat, de la même manière qu'elle avait eu hâte de sortir du bureau de Frantz Trébuchet.

– Mais au fait, dit la vieille dame, vous étiez venue pour quoi?

– Mais pour parler, madame.

– Ah ça c'est gentil, dit-elle avec ce même mouvement qu'avait eu Bernadette Péroné pour se draper dans son châle, personne ne vient jamais me parler. C'est vrai, les jeunes ont leur vie et…

– C'est vrai, dit Mary en coupant court. À bientôt, madame.

En sortant elle vit la silhouette ronde de Trébuchet qui l'épiait derrière sa vitrine poussiéreuse.

☆

Mary rejoignit son campement peu avant 20 heures, après avoir fait les quinze derniers kilomètres de route au pas.

Heureusement qu'il y avait eu Mozart pour lui permettre de subir ce contretemps auquel elle aurait dû s'attendre.

Elle fut stupéfaite de voir le village de toile qui s'était monté dans la journée. Ses amies l'attendaient auprès de la tente :

– Eh bien, où étais-tu passée ?

Elle mentit :

– En ville, je vous ai cherchées. J'ai visité la maison de l'office de tourisme et puis j'ai fait des photos dans les petites rues. Il y a plein de maisons sensationnelles.

Christine, Fabienne et les autres firent la moue. Elles n'étaient certes pas venues à Carhaix pour admirer des vieilles pierres.

Assises en rond dans l'herbe, elles dégustaient des frites et des saucisses en se léchant les doigts.

– Eh bien dites donc, fit Mary pour dire quelque chose, on dirait que ça s'est peuplé !

– Je t'avais dit, fit Fabienne, il ne faut pas venir trop tard, sinon on ne peut plus choisir sa place. Si le soleil tape, ceux qui sont au milieu du champ vont la sentir passer. Ici on aura toujours l'ombre des arbres.

Des échos de sono leurs parvenaient, assourdis par la barrière de feuillage.

– Ce sont les techniciens du son qui font la balance, dit avec sérieux Christine.

Mary avait allumé son réchaud à alcool et se chauffait un potage lyophilisé.

– Tu n'aimes pas les frites ? demanda Carmen, la brune qui faisait équipe avec Véronique la monitrice d'auto-école.

– Si, dit Mary, mais on n'est encore que mardi, d'ici à dimanche on va avoir le temps d'en être dégoûtées.

– Moi dégoûtée des frites ? dit Christine, jamais !

Les quatre autres filles éclatèrent de rire devant cette profession de foi.

– Gare à ta ligne ! dit Fabienne faussement sévère.

– Ma ligne, ma ligne… J'ai beau faire, dit Christine, rien que de regarder la vitrine d'une pâtisserie, je prends une livre ! De toutes façons, ajouta-t-elle sur un ton de défi en tapant sur ses bourrelets, il y a des hommes qui aiment ça !

Mary remit de l'eau à chauffer et offrit le café. Puis les filles partirent vers le podium où déjà la foule des festivaliers se rassemblait.

– Je vous rejoins, dit-elle, le temps de ranger mon bazar et de faire une petite relaxation.

Quand elles se furent éloignées, elle appela Fortin sur son portable.

– Allô, Jipi ?

– C'est toi Mary ? où étais-tu passée ?

– Je te raconterai. Tu peux venir jusqu'à ma tente ?

– Ouais, c'est sur notre route.

Les deux hommes arrivèrent quelques instants plus tard. Paul Kerriou tenait toujours son chien en laisse.

– Tout va bien ? demanda-t-il à Mary en lui tendant la main.

– Impeccable, dit-elle. Maintenant que tout le monde est au spectacle, ça va beaucoup mieux.

– Qu'est-ce que tu as fait de beau ? demanda Fortin en s'asseyant sur ses talons.

– Oh, plein de choses. Je suis d'abord allée à Brest, puis à Quimper, et j'ai fini par Landerneau.

– Tu parles d'un rallye ! s'exclama Fortin.

– Oui, mais sur la fin la moyenne n'était pas terrible. Il y avait de ces embouteillages !

– Et ça ne fait que commencer, ajouta Paul Kerriou.

– Ça, c'est plus embêtant, dit Mary, parce que si je dois me déplacer rapidement…

– Ça, redit Kerriou, faudra pas y compter. À moins d'être en moto.

– Qu'est ce que tu dis ? demanda Mary intéressée.

– Je dis qu'il n'y a qu'en moto qu'on peut se déplacer rapidement. On se faufile toujours entre les voitures, à la rigueur on fait les bas-côtés de la route…

– Tu me prêterais ta moto, Polo ? demanda-t-elle.

Le lieutenant la regarda :

– Tu rigoles ?

– Pas du tout ! Tu la prêtes bien à Fortin.

– Mais Fortin, lui, il a son permis !

– Mais moi aussi mon vieux !

– Tu as ton permis moto ? demanda Fortin stupéfait.

Elle le regarda :

– Ben oui, qu'est-ce que ça a de drôle ?

– Tu ne me l'avais jamais dit !

– Tu ne me l'as jamais demandé ! J'ai aussi mes permis bateaux et mon permis poids lourd.

Kerriou se mit à rire :

– Qu'est-ce qu'on peut faire d'un permis poids lourd dans la police ?

– Oh, c'est une vieille histoire. Quand j'étais étudiante, j'avais trouvé un job pendant les vacances d'été chez un marchand de fruits, sur la côte. Je travaillais à la boutique quand un des livreurs s'est cassé une jambe, le patron s'est trouvé bien embêté : plus personne pour faire les livraisons ! Il avait dû s'y remettre. Il a demandé si quelqu'un voulait bien tenter le permis poids lourd. Comme c'était la maison qui payait, j'ai été volontaire. Je l'ai eu du premier coup et j'ai passé tout mon mois d'août au volant d'un quinze tonnes chargé de fruits et légumes.

– Ça n'était pas trop dur ?

– Quoi ? de conduire ? Non. Par contre, charger et décharger le bahut ça n'était pas de tout repos. Alors, pour cette moto ? C'est quoi au fait ?

– Une 250 cm^3 d'enduro.

– C'est un peu léger, dit-elle, j'étais habituée à une 750 Kawa. Mais enfin, pour faire ces petites routes, ça devrait aller.

– Tu entends ce que j'entends? demanda Kerriou à Fortin. C'est un peu léger!

– Je t'avais dit, fit Fortin, avec elle il faut s'attendre à tout.

Les deux hommes se mirent à rire et Kerriou tendit la main à Mary qui tapa dans sa paume :

– Banco !

Puis elle leur raconta dans les grandes lignes le résultat de sa journée d'investigations avec, en point d'orgue, la séance aux éditions Trébuchet et la fuite de la secrétaire. Elle leur parla ensuite de sa visite à la vieille dame d'en face.

– J'avais dit au patron qu'il aurait fallu un Balzac pour décrire la maison d'édition Trébuchet, il faudrait lui adjoindre un Mauriac pour la peinture des gens.

– Un Mauriac ou un Bazin, dit Kerriou. Car cette Bernadette, c'est presque Folcoche, non?

– Je ne pense pas, dit Mary. C'est sûrement une femme qui a subi de dures épreuves et qui en est restée marquée, ce qui l'a endurcie. Quelle vie, mon Dieu! Se faire fabriquer un môme par un type qui avait l'âge d'être son grand père et rester toute sa vie au service d'une maison qui part en décrépitude. Quelle pitié!

Visiblement, Fortin n'en avait rien à faire du malheureux sort de la vieille secrétaire. Il se releva en bâillant :

– Faut qu'on y aille, Paulo.

Kerriou caressa son chien qui gémit doucement dans sa muselière et il se leva à son tour.

– En tout cas, ici tout est normal.

– Nous n'en sommes qu'au premier jour, dit Mary. Attendons.

CHAPITRE XIV

Le mercredi 14 se passa, et puis le jeudi 15 et le vendredi 16 sans qu'il y eût d'incidents notables.

Mary avait apprécié un spectacle qu'elle ne connaissait pas, un spectacle vivant auquel la foule des festivaliers participait, chantant, dansant, criant son enthousiasme jusqu'à l'aube.

Elle dormait bien dans sa petite tente, ravie de retrouver des sensations oubliées depuis l'adolescence. Le camp se réveillait tard. Vers midi on commençait à voir des visages chiffonnés sortir par l'ouverture des tentes.

Des visages encore ensommeillés, éblouis par le soleil de midi et qui mettaient du temps à réaliser où ils étaient. Il y avait la queue aux douches, aux abreuvoirs transformés en lavabos.

Ici on chauffait l'eau pour le café, là un courageux se dévouait pour aller chercher des croissants frais.

Et puis, tout doucettement, le camp se remettait à vivre. On s'interpellait joyeusement d'une tente à l'autre. On demandait des nouvelles des « disparus » :

– Vous n'avez pas vu Pierre ?

Quel Pierre ? il devait y en avoir des centaines.

– J'en ai vu un, de Pierre, il était avec Françoise.

Et des Françoise, il y en avait combien ?

Les voisines de Mary avaient trouvé des copains. Fabienne partageait sa tente avec un rocker aux cheveux longs, aussi tatoué qu'un harponneur de baleines, et Christine, la petite grosse, avait émigré dans un autre campement, où, paraît-il, on appréciait ses rondeurs.

Véronique et Carmen hébergeaient deux adolescents maigres comme des chiens perdus dans leur tente à trois places.

Quant à Mary, elle s'était fait baratiner successivement par un sonneur de biniou plus poilu qu'un cœur d'artichaut, un matelot embarqué à Brest et un Irlandais qui ne sortait son nez de son verre de bière que pour souffler dans son bag pipe, effort qui lui donnait soif ; il avait ainsi créé une sorte de mouvement perpétuel, ce qui ne laissait pas grand place à la drague. Et puis il y avait une femme qui n'appréciait que les femmes.

Curieusement, ce fut elle la plus tenace, la plus difficile à décourager. Elle tenta d'abord, au baratin, de la convaincre de la supériorité des amours saphiques sur toutes les autres formes de tendresse, puis voyant qu'elle n'arriverait pas à ses fins de la sorte, elle tenta de s'imposer dans la tente de Mary en s'y installant en son absence.

C'était une quadragénaire anguleuse, aux cheveux coupés court, au regard dur. Quand Mary s'aperçut qu'elle avait investi sa tente, elle sentit une grosse bouffée de colère l'envahir et son premier réflexe fut de la sortir « manu militari », mais elle se maîtrisa et appela Fortin.

Celui-ci accouru, elle lui expliqua la situation.

– Attends, dit Fortin, je vais te la virer, moi, cette salope !

– Calme-toi, lui dit-elle, prends-moi plutôt par la main, sois tendre, amoureux...

Il la regardait sans comprendre, mais elle avait désormais l'habitude de ce regard.

– Ben oui, si tu es violent, on va se faire remarquer. Je ne lui en veux pas, à cette fille, je ne partage pas ses goûts, c'est tout. Pas la peine de s'en faire une ennemie. Si elle croit que nous sommes ensemble, elle n'insistera pas.

– Tu crois ?

– Tu vas voir.

Elle fit descendre la fermeture éclair et vit Chloé, car l'androgyne se faisait appeler Chloé, allongée torse nu sur son couchage.

Elle ne put s'empêcher d'avoir une réaction hostile qu'elle eut du mal à maîtriser.

– Que faites-vous là-dedans ? demanda-t-elle d'une voix glaciale.

– Tu vois bien, ma chérie, je t'attendais...

Deux petits seins maigres, aux aréoles presque noires, pendaient sur ses côtes saillantes. La voix un peu rauque se voulait enjôleuse

– Qu'est-ce qui se passe, Mary ? demanda une grosse voix.

Fortin entrait en jeu.

– Viens voir, dit Mary, ça vaut le coup d'œil !

Elle se poussa, laissant la place au lieutenant qui s'exclama :

– Oh, chérie, tu m'as fait un cadeau, comme c'est gentil!

Au fond de la tente, Chloé s'était ramassée sur elle-même, surprise et affolée. Visiblement elle n'avait pas prévu qu'il y aurait un homme dans le jeu. Fortin se retourna vers l'extérieur et dit à Mary :

– Qu'elle est mignonne! Et elle est déjà à moitié nue, prête à consommer!

Il entra dans la tente et dit à Chloé en s'efforçant de faire passer une lueur lubrique dans ses yeux :

– Je sens qu'on va passer du bon temps tous les deux!

Le visage de Chloé affichait la panique la plus complète. Elle glapit d'une voix hystérique :

– Ah vous, espèce de sale type, ne me touchez pas!

Elle tenait son tee-shirt devant sa maigre poitrine comme un bouclier :

– N'approchez pas! glapit-elle de nouveau, comme si le contact physique avec un homme était de nature à lui causer une abominable souffrance.

Ses cris avaient atteint un tel registre dans l'aigu qu'ils perçaient les oreilles. Elle avait un regard de bête acculée. Soudain elle bondit à quatre pattes vers l'ouverture et Fortin s'effaçant lui claqua vigoureusement les fesses au passage, ce qui la fit pousser un cri d'indignation. Fortin éclata d'un rire tonitruant.

– Eh, Mary, je me suis fait mal en lui caressant les fesses, il n'y a que de l'os là-dedans!

Chloé leur jeta un regard venimeux, siffla une injure ordurière et s'en fut dans la nuit, la main sur les fesses, les larmes aux yeux, en grimaçant de douleur et d'humiliation. Fortin n'y était pas allé de main morte.

Mary le regarda d'un air de reproche :

– Jean-Pierre!

– Ben quoi, dit-il sur ses gardes. Ce n'était pas tous les jours qu'elle lui donnait son prénom complet.

– Tu avais besoin de la frapper? Elle ne nous avait rien fait de mal.

– Elle est tout de même entrée dans ta tente sans y avoir été invitée!

– J'avais dit pas de violences!

Il protesta :

– Violence, violence, c'est vite dit! En voilà une affaire pour une petite tape sur les fesses!

– Je l'ai entendue d'ici, ta petite tape. La pauvre fille, elle ne va pas pouvoir s'asseoir pendant deux jours!

– Qu'est-ce qui se passe?

La tête rousse de Fabienne parut, ébouriffée, dans l'entrebâillement de la tente voisine.

– Rien, dit Mary, un squatter que Jipi a viré.

Fabienne n'avait d'yeux que pour Fortin.

– Au fait, dit Mary très à l'aise, je te présente mon copain, Jean-Pierre Fortin, dit Jipi.

– Eh ben ma vache! dit-elle admirative en toisant le lieutenant.

– Faut que j'y aille, dit Fortin.

Les reproches de Mary lui restaient en travers. D'autant qu'il savait bien qu'elle avait raison. Quel besoin avait-il eu d'abuser ainsi de sa force?

– À tout à l'heure, Mary.

– C'est ça, dit-elle.

Et, comme Fortin s'éloignait, elle l'appela :

– Eh, Jipi !

Il se retourna, le visage encore malheureux. Mary lui souriait :

– Merci tout de même dit-elle. Et sans rancune.

Le grand lieutenant retrouva instantanément sa bonne humeur. Il s'éloigna en sifflotant.

Fabienne sortit alors de sa tente et se campa devant Mary les poings sur les hanches :

– Toi alors, comme sainte-nitouche ! Ah, on peut dire que tu caches bien ton jeu !

– Je ne suis pas obligée de tout te dire, non, fit Mary. Je t'avais prévenue que j'attendais un copain.

– Ben dis donc, t'as pas choisi le plus moche ! Tu aurais pu me présenter.

– Te présenter mon copain ? Tu es un peu gonflée !

– Et son collègue, celui qui avait le chien ?

– Paulo ? Tu n'y penses pas, il est marié.

– Et alors ? dit Fabienne en rentrant dans sa tente.

– Je vais te dire, fit Mary les bras croisés : ce qui te perdra, c'est que tu n'as aucune moralité !

Elle entendit la rousse grogner : « moralité, moralité, j't'en foutrais moi, de la moralité ! »

Dans sa tente, ça sentait le fauve. Le tatoué dormait sur le dos, torse nu, la bouche ouverte.

Mary montra le ronfleur qui, par moment, émettait des bruits bizarres.

– Il n'est pas bien ton mec ?

– Pff! fit Fabienne dégoûtée, il est toujours à moitié bourré. Qu'est-ce que tu veux foutre de ça ?

Elle lui asséna un grand coup de coude dans les côtes, ce qui interrompit pour un temps les ronflements du dormeur qui se tourna sur le côté avec un gros soupir.

– Tu vois, il ne se réveille même pas.

– Tu n'as qu'à le virer!

– Plus facile à dire qu'à faire! Et puis, il est venu avec une douzaine de copains, ils seraient bien capables de venir foutre le bordel ici.

– Tu veux que je dise à Jipi de s'en occuper?

– Il le ferait? demanda Fabienne pleine d'espoir.

– Il fait tout ce que je veux, dit Mary.

– Eh bien c'est d'accord, amène-le. C'est que j'en ai marre de ce coco, moi. En plus il fouette comme un putois. Tu sens?

Oui, Mary sentait. Elle rappela Fortin qui revint aussitôt, accompagné cette fois de Paul Kerriou.

– Encore des ennuis, Mary?

– Pas moi, Fabienne ma voisine. Il y a un mec qui s'incruste et elle ne veut plus le voir.

Fabienne se tenait debout près de sa tente, les mains sur les hanches, le visage fermé, la lippe boudeuse.

– C'est bien vrai, mademoiselle? demanda Paul Kerriou.

– Ben oui, dit-elle en regardant le costaud de biais. Ce type, il était sympa au début. Je l'ai invité à boire un coup, et maintenant il ne veut plus partir.

– On va voir ça, dit Kerriou. Tu me tiens le chien, Jean-Pierre?

Il passa la laisse du berger allemand au lieutenant et entra dans la tente à quatre pattes. Il tenta de réveiller le tatoué en le secouant, en vain. Alors il le prit par un pied et le tira hors de la tente. L'autre se mit à beugler.

– Qu'est-ce que c'est que ce bordel? Arrête Dédé!

– C'est pas Dédé, fit Kerriou. C'est Paulo.

– Paulo?

Le tatoué hébété peinait pour émerger.

– J'connais pas d'Paulo.

– Paulo, de la sécurité. Mademoiselle prétend que tu t'es trompé de tente.

Le tatoué mal sorti de sa cuite regardait Kerriou sans comprendre. Il posa un regard glauque sur Fabienne :

– Qui c'est celle-là?

– Merci, dit Fabienne d'un air pincé.

– Pff! fit Kerriou admiratif, c'est ce qu'on appelle en tenir une bonne!

– Où qu'il est Dédé? demanda l'ivrogne d'une voix pâteuse.

– Il dort, fit Paulo.

– Ah…

Il demeura sur place, tanguant d'un pied sur l'autre, perdu dans un abîme de réflexions. Il lui semblait que le sol bougeait, ce qui lui rendait la station debout difficile.

Paulo lui cria à l'oreille :

– C'est la demoiselle qui habite là. Je te l'ai dit, tu t'es trompé de maison.

Et il ajouta conciliant :

– Remarque, ça n'est pas étonnant, elles se ressemblent toutes.

En effet, sous la lune, les tentes s'étalaient à

perte de vue. Ça ne devait pas être toujours commode de retrouver sa guitoune après le spectacle.

Le type se passa la main dans les cheveux, puis secoua la tête.

– Comment t'appelles-tu? demanda gentiment Kerriou.

Le tatoué eut un hoquet et Mary eut un moment peur qu'il se mette à vomir, mais il se reprit et dit :

– Coyote. J'm'appelle Coyote.

Il retroussa sa manche de chemise sur son bras maigre et montra un horrible tatouage en lettres gothique surmonté d'une tête d'oiseau de proie à l'œil méchant :

– Tu vois, c'est écrit là!

– Super, Coyote. Comme ça tu ne risques pas de te perdre! Où sont tes copains?

Coyote eut un geste vague de la main :

– Par là.

– Tu vas les retrouver?

Il tituba et affirma d'une voix pâteuse :

– Ouais, et Dédé aussi.

Et il ajouta, le doigt en l'air avec une solennité d'ivrogne :

– Coyote y s'perd jamais!

Puis il partit en louvoyant entre les tentes d'une démarche hésitante.

– Eh bien voilà, dit Kerriou. C'est tout ce qu'il y a pour votre service?

– Oui, dit Fabienne à regret.

– Si vous avez d'autres ennuis, dit encore Kerriou, n'hésitez pas à nous appeler.

– Merci beaucoup, dit Fabienne.

À nouveau les deux hommes s'éloignèrent sous le regard nostalgique de la rousse.

– Eh bien, dit Mary. Te voilà tranquille!

Fabienne ouvrait sa tente en grand en râlant, comme pour cacher la honte qu'elle avait de s'être acoquinée avec un type aussi abject :

– Non mais quelle écurie! Ah, celui-là alors! Ce que ça fouette là-dedans! Dis donc Mary, je ne pourrais pas dormir chez toi, le temps que cette puanteur s'évacue un peu?

– Désolée, dit Mary, c'est une petite deux places et si Jipi revient…

– Je vois! dit Fabienne en la regardant avec envie. Et l'autre, comment l'appelles-tu déjà?

– Paulo.

– C'est ça, Paulo, il va revenir aussi?

– Je n'en sais rien ma vieille. Peut-être… Mais tu sais, son chien ne le quitte jamais.

– M'en fous, je suis sûre qu'il pue moins que le Coyote!

CHAPITRE XV

Samedi 17 juillet, 10 h 30.

Mary filait sur la moto de Paulo. C'était une Yamaha 250 TTR spécialement conçue pour le trail hors piste, mais qui tapait allégrement son 120 km/h sur route. Le lieutenant lui avait prêté le casque de sa femme, un simple bol avec des côtés en cuir, ce que Mary appréciait car il était bien plus léger que ces heaumes modernes que l'on appelle « casque intégral ».

C'était un temps à faire de la moto, une très belle journée d'été. Et puis la bécane était géniale : légère, puissante, parfaitement réglée. Elle épousait les courbes, se balançant avec aisance, et son moteur montait en régime à la moindre sollicitation.

Elle fut à Landerneau en moins d'une heure et elle entra directement aux éditions du Trébuchet.

– Ah, c'est vous ? dit l'éditeur avec réticence.

Il était sorti de son antre, alerté par les clochettes de métal suspendues au-dessus de la porte.

– C'est moi. Votre secrétaire est-elle revenue ?

– Non.

– Elle n'est pas revenue depuis trois jours ? s'étonna Mary.

– Si, mais elle est repartie.

– Ah ! Vous a-t-elle donné des explications sur sa disparition subite ?

– Non.

– Et, bien entendu, vous ne savez pas où elle est allée ?

L'éditeur baissa la tête, franc comme un âne qui recule :

– Non.

Mary s'approcha de lui et il fit deux pas en arrière, comme un gosse qui craint de recevoir une baffe :

– Encore en train de mentir, monsieur Trébuchet !

– Je vous jure…

– Allons, gardez vos serments pour de meilleures circonstances. Vous aurez peut-être l'occasion de jurer très bientôt, mais dans un autre endroit, plus solennel, si vous voyez ce que je veux dire.

À présent Trébuchet paraissait sur le point de pleurer. Il répéta lamentablement :

– Je vous jure…

– Tss tss ! Vous savez où elle est allée !

– Non !

– Si, elle est partie chez sa fille !

Il la regarda comme si elle était le diable.

Mary enfonça le clou :

– Elle est allée chez Victorine, et vous le savez bien !

– Mais je ne sais pas où elle habite !

– À Brest peut-être ?

– Oui, à Brest, mais je ne sais pas où !

– Mais si, vous savez! Allez, monsieur Trébuchet, vous le savez!

– Je l'ai su, mais je ne le sais plus. Elle a déménagé...

– Quand?

– Je... Je ne sais plus!

– Eh bien cherchez! Que fait-elle, cette Victorine Péroné, puisque je suppose que ce doit être son nom, à moins qu'elle ne se soit mariée?

Trébuchet secoua la tête négativement. Elle l'encouragea :

– Vous voyez bien que vous savez plein de choses!

À présent Trébuchet avait pris le parti de se taire. Dépassé par les événements, pressé par cette fille qui pour son âge avait des manières, ah, des manières...

Il la regardait sournoisement, avec une lippe boudeuse. Un gros soupir de réprobation s'échappa de ses lèvres pincées; il secoua la tête, ce qui fit trembler ses grosses bajoues

– Que fait-elle, cette Victorine?

– Infirmière, je crois.

– Infirmière! Tiens donc! Où ça?

– Je ne...

– Mais si, monsieur Trébuchet, vous savez! Je suis même persuadée que vous la connaissez bien mieux que vous ne voulez le dire.

Elle le regarda sans aménité :

– Je me trompe?

L'éditeur s'était réfugié dans son bureau, elle le suivit :

– Pourquoi, demanda-t-il d'une voix lamentable, pourquoi vous acharnez-vous sur moi ainsi?

Elle l'avait suivi et, après avoir fermé la porte, elle s'adossa au capiton qui la matelassait.

– Parce que vous me mentez, monsieur Trébuchet ! Depuis le début vous me mentez!

Maintenant qu'il était dans son domaine réservé, Trébuchet semblait avoir retrouvé un semblant d'assurance. Il s'assit derrière sa table de travail, respira fort et prit son téléphone d'une main tremblotante :

– Cette fois c'en est trop, mademoiselle…

Sa voix tremblait aussi, de colère rentrée mêlée de peur, comme tremblait son double menton, comme devaient flageoler ses maigres jambes derrière le tablier de son bureau.

– J'appelle immédiatement mon avocat et on va voir si vous pourrez impunément continuer à me harceler de la sorte.

Mary se leva, et posa la main sur le support du combiné, coupant la ligne.

– Appelez qui vous voudrez, Trébuchet, mais écoutez-moi avant.

– Je ne vous ai que trop écoutée, dit l'éditeur rageur. Maintenant…

Plus il s'énervait, plus Mary était calme.

– Maintenant, sachez bien que je vais mettre la main sur votre Bernadette sans tarder et que je finirai bien par trouver ce que vous avez manigancé!

Elle sortit en claquant la porte à la volée, au risque d'en faire descendre tous les carreaux. Puis elle remonta sur sa moto, lança le moteur d'un coup de kick rageur et fila jusqu'au centre ville de Landerneau.

Elle s'installa sur une terrasse ensoleillée, dans un bar bordant l'Elorn. La marée était haute; des cygnes et des canards nageaient dans les eaux calmes du port.

Ce Trébuchet l'exaspérait : il en savait beaucoup plus long qu'il ne voulait dire et elle ne pouvait guère le secouer plus qu'elle l'avait fait jusque-là car, elle en était sûre, maintenant elle ne tarderait pas à avoir son avocat sur le dos.

Le pire était que Trébuchet était dans son bon droit, elle n'avait pas de griefs précis contre lui et il pourrait l'accuser de le persécuter, il pourrait même l'assigner en justice!

Bon, on n'en était pas encore là. Si seulement elle avait pu mettre la main sur cette vieille taupe de Bernadette!

Soudain, elle eut une idée. Elle s'en fut prendre l'annuaire téléphonique à l'intérieur du bistrot.

Dans l'annuaire sur Brest on trouvait des Péron tant qu'on voulait, en revanche, il n'y avait pas de Péroné.

Et si elle n'habitait pas Brest même, mais une des communes la bordant... Mais il n'y avait pas plus de Péroné à Guipavas qu'au Relecq-Kerhuon, à Bohars qu'à Guipavas.

Mary ferma l'annuaire. Victorine Péroné pouvait très bien être sur liste rouge...

Trébuchet avait dit que Bernadette était infirmière. Où trouvait-on des infirmières? Dans les cliniques, dans les hôpitaux... Mary reprit l'annuaire et regarda les numéros des établissements hospitaliers dans les pages jaunes et soupira, découragée : Brest était une grande ville, entre les cliniques chirurgicales, les cliniques psychiatriques et vingt autres établissements spécialisés, elle allait passer sa journée au téléphone pour un résultat bien aléatoire.

Elle reposa l'épais volume, découragée, et sirota son Coca avec la grande paille qui émergeait du verre. Puis elle attaqua le sandwich qu'elle avait commandé.

Une idée lui venant, elle reprit le Bottin et l'ouvrit à la page « infirmiers - soins à domicile »

Jackpot ! Péroné Victorine, infirmière libérale, avait son cabinet place De Lattre de Tassigny à Brest.

Elle finit son sandwich à la hâte, posa des pièces dans la soucoupe et enfourcha sa moto.

CHAPITRE XVI

Un immeuble gris parmi d'autres immeubles tout aussi gris, une place plantée de tilleuls et encombrée de voitures ; près de l'entrée, une plaque noire gravée en jaune : Victorine Péroné

Infirmière D.E.

Sur rendez-vous.

Mary sonna, entra et se trouva en face d'une quinquagénaire qui enfilait une parka bleu marine. Elle avait une serviette de cuir noir à la main.

– Qu'est-ce que c'est ?

– Madame Péroné ?

– Oui.

L'infirmière avait de beaux cheveux noirs qui commençaient à se teinter de blanc. Son visage était dur, sa bouche mince, ses petits yeux noirs méfiants.

« Tiens, se dit Mary, j'ai déjà vu ces yeux-là quelque part »

Elle attendait, rigoureusement immobile, sur la défensive.

« On lui aurait déjà parlé de moi, se dit encore Mary, que ça ne m'étonnerait pas. »

Elle finit par articuler d'une voix lente :

– C'est à quel sujet?

– Pouvez-vous m'accorder quelques instants?

L'infirmière regarda sa montre :

– Pas maintenant. J'ai des rendez-vous, des soins à domicile...

Les yeux noirs fixaient Mary sans ciller.

– Ce n'est pas l'infirmière que je viens voir, c'est la fille de madame Bernadette Péroné.

– Ma mère? Qu'est-ce que vous lui voulez?

– Je dois l'interroger au sujet d'une affaire qui concerne les établissement Trébuchet et elle s'est absentée. Monsieur Trébuchet m'a dit que je pourrais peut-être la voir chez vous.

Victorine posa sa serviette à terre et croisa les bras :

– Chez moi? Ma mère?

Elle parut réfléchir et demanda d'un air excédé :

– Dans quel pétrin s'est-il encore fourré cet imbécile de Trébuchet? Vous êtes de la police?

– En effet.

– Qu'est-ce que ma mère a à voir là-dedans? Elle est en retraite depuis près de quinze ans.

– Il n'empêche qu'elle continue de servir de secrétaire à monsieur Trébuchet.

– Comme ça, pour s'occuper. Parce que du travail chez Trébuchet, il y a beau temps qu'il n'y en a plus. De toutes façons, je n'ai plus rien à voir avec cette maudite famille.

Elle eut un sourire forcé :

– Pardonnez-moi, mes malades m'attendent, je ne peux m'attarder.

– Vous ne voyez pas où je pourrais trouver votre mère?

– Aucune idée.

Elle reprit sa serviette puis, comme si elle se rappelait quelque chose :

– Zut, j'ai encore oublié de brancher mon répondeur !

Elle prit une clé, ouvrit la porte de son cabinet, la claqua derrière elle.

Mary sortit, vaguement décontenancée et retourna à sa moto. En traversant la place, elle se retourna vers la façade de l'immeuble. À une fenêtre du second un rideau s'écarta et elle entrevit une silhouette noire derrière les vitres. Ce fut très fugace, le rideau retomba aussitôt.

Victorine Péroné sortit à son tour, monta dans une Renault 5 de couleur bordeaux et partit vers le centre ville.

– Tiens, se dit Mary, elle ne sait pas où est sa mère ? Qu'est-ce que ça cache tout ça ?

Elle revint vers l'immeuble, consulta les boîtes aux lettres. Victorine Péroné habitait bien au second étage, juste au-dessus de son cabinet.

Mary emprunta l'escalier et sonna à la porte du second niveau. Il n'y avait pas à se tromper, une carte de visite était punaisée sur la porte.

Elle sonna longuement et attendit. Il lui sembla entendre un frôlement derrière l'huis, elle sonna derechef sans plus de résultat. La porte était munie d'un judas optique et elle eut la désagréable impression que, derrière ce petit œilleton de verre, quelqu'un l'observait.

Elle attendit un moment, sonna de nouveau en insistant, toujours rien.

Alors elle enfourcha la moto et reprit le chemin de Carhaix.

De nouveau ce fut la balade sur la route ensoleillée, un régal. L'air était chaud et sous la caresse du soleil, toutes les senteurs des landes de l'Arrée s'exhalaient en cette belle après-midi d'été.

Elle se surprit à réciter deux vers appris en son enfance :

« Voici l'heure où les bois, les arbres et les fleurs,
Dans l'air dolent et doux soupirent leurs odeurs »

L'air était dolent et doux, mais la montagne était âpre… ses rocs de granit crevant le sol comme des crocs annonçaient la couleur : on se trouvait sur une terre de violence, là où les derniers brigands et les derniers loups avaient trouvé leur dernier refuge.

Le ciel était bleu mais la cime aiguë des sapins noirs là-haut sur la colline tendait sa fine denture acérée pour mordre les nuages. Des nuages qui apparaissaient déjà derrière la colline où l'azur s'assombrissait et se teintait de pourpre.

Cette belle journée d'été se terminerait-elle en orage ?

Aux bois de sapins noirs succédait une savane dorée où le mauve des bruyères faisait comme des flaques de sang séché.

Mary ralentit pour admirer une sente d'émeraude qui menait à une maison en ruines. Il n'y avait pas si longtemps, des familles avaient habité dans ce désert, sans électricité, sans moyen de locomotion, sans aucune commodité. Leurs enfants avaient fui ces lieux de misère et de solitude, espérant sans doute un meilleur sort en ville.

La route était vide. Une voiture de temps en temps, dans un sens ou dans l'autre.

Elle entendit un grondement et vit une puissante moto se porter à sa hauteur, puis une autre et une troisième.

Comme ça se fait entre motards, Mary leva la main pour les saluer. Il n'y eut pas de réponse.

Les motos la dépassèrent et se mirent à rouler de front devant elle. Derrière, deux autres suivaient.

Ceux qui les montaient étaient vêtus de cuir noir clouté et, sur leurs monstrueuses montures grondantes, ils ressemblaient aux cavaliers de l'Apocalypse, version moderne bien sûr.

Mary les regarda avec étonnement. À quoi on joue ? se demanda-t-elle, vaguement inquiète.

Les trois motos de devant ralentissaient, lui bloquant le passage, elle vit avec une surprise teintée d'angoisse que leurs plaques d'immatriculation avaient été couvertes d'une épaisse couche de boue qui les rendait illisibles.

Immédiatement un feu rouge s'alluma dans sa tête : Danger ! Il n'avait pas plu depuis plusieurs jours et, hors leur plaque, les motos brillaient de tous leurs chromes. Donc, si on avait pris la peine de les maculer de la sorte, c'était pour qu'on ne puisse pas en relever l'immatriculation. Ces types-là mijotaient un sale coup.

Elle en était encore à se demander pourquoi lorsqu'elle sut comment : une secousse brutale faillit la déséquilibrer. Une des motos suiveuses avait délibérément heurté sa roue arrière. Elle en eut des sueurs froides. À plus de cent à l'heure, il y avait de quoi se casser la figure.

Les visières fumées des casques cachaient visages et regards aussi sûrement qu'un heaume d'acier, leur conférant une impassibilité qui les rendait plus inquiétants encore.

Il y eut une nouvelle secousse qui faillit bien la faire tomber, ces types jouaient avec elle au chat et à la souris. Mais que voulaient-ils, bon Dieu!

Elle aurait voulu le leur demander, mais comment se faire entendre dans le grondement de ces cinq gros cubes, des motos taillées pour marcher à plus de deux cent cinquante à l'heure, carénées comme des prototypes de compétition.

Une voiture arriva en face et ils durent se remettre en ligne, mais dès qu'elle fut passée, ils reprirent leur position initiale.

Mary commençait à se faire du souci. Au début elle avait cru à une mauvaise plaisanterie, mais maintenant ça ne rigolait plus. Ces types voulaient la faire tomber.

Un nouveau choc la projeta contre la moto qui la précédait, alors elle prit le bas-côté herbeux de la route et doubla tout le monde par la droite. Lorsqu'elle reposa ses pneus sur le bitume, son compteur marquait le 130, le compte-tours était dans la zone rouge et l'échappement stridulait comme si la machine, peu habituée à ces mauvais traitements, protestait.

Peine perdue, les grosses cylindrées revinrent sur elle en un instant et reprirent leur position dans le grondement menaçant de leurs quatre cylindres. Maintenant Mary avait à sa gauche un garde du corps qui entreprit de la serrer au fossé.

Très maître de sa machine, il poussait à petits coups de carénage qui heurtaient la cuisse de Mary. On aurait dit que ce jeu l'amusait.

Insensiblement, le fossé s'approchait. C'était une douve profonde où elle ne tomberait pas sans dommage.

C'est alors que le motard eut un geste malheureux : trouvant sans doute que Mary ne chutait pas assez vite, il lâcha sa poignée de gaz pour la pousser de la main. Elle vit un poing ganté de cuir noir frôler son visage et, entre la manche et le gant, un fragment de peau blafarde où un méchant oiseau de proie la fixait sans aménité.

Ce fut extrêmement fugace. Elle eut un geste instinctif et leva le bras pour se protéger. En ramenant sa main elle toucha le guidon de son agresseur, coupant bien involontairement les gaz.

Aussitôt la grosse moto ralentit brutalement, il y eut derrière un grand coup de freinage suivi d'un fracas de ferraille.

À ce moment Mary vit un sentier qui pénétrait dans ce qu'elle avait appelé la savane et qui était une broussaille rase et dense. Il était escarpé, tortueux, étroit, mais ce fut pour elle la porte de salut.

Elle freina à mort, faisant chasser sa roue arrière sur le bitume, et embouqua le petit chemin.

C'était une sente tracée par les chevaux des clubs équestres qui faisaient de la grande randonnée. Elle était pavée çà et là de grosses pierres saillantes sur lesquelles la moto rebondissait, secouant sa passagère qui devait se cramponner au guidon, et montait à pic vers le sommet de la montagne.

Les grosses cylindrées dévoreuses de bitume ne pouvaient pas s'aventurer sur un chemin pavé de la sorte.

Quand elle eut fait une centaine de mètres elle

débraya puis s'arrêta, et, laissant sa machine au point mort tourner au ralenti, elle regarda en contrebas.

Les deux motos qui la suivaient étaient encastrées l'une dans l'autre, les trois autres s'étaient arrêtées pour leur prêter assistance.

Un des motards qui était tombé se tenait assis sur le bord de la route, l'autre, debout, se tenait sur une jambe en tenant un de ses genoux à deux mains, semblant souffrir le martyre.

– Salopard ! dit-elle entre ses dents, tu vois comme c'est dur le bitume ?

Ils remirent péniblement les motos sur leurs roues, évaluèrent les dégâts qui ne devaient pas être très importants car elle entendit les moteurs gronder à la première sollicitation.

Les types avaient l'air de s'engueuler. À la fin l'un d'entre eux tendit le poing vers Mary en un geste de colère et de défi indiquant, si elle en doutait encore, qu'ils ne lui voulaient pas du bien et qu'ils comptaient bien la retrouver pour laver l'affront qu'elle leur avait fait en balançant deux des leurs.

Mary relança sa machine et poursuivit son ascension au ralenti. Depuis la sente on pouvait voir la route. Les motos roulaient lentement, attendant visiblement que Mary revienne sur le bitume où ils pourraient de nouveau la coincer.

Mais peu à peu la circulation se faisait dense. On approchait de Carhaix et les festivaliers se pressaient de rallier le site de Kerampuil.

Quand elle ne vit plus le groupe de motards, Mary revint sur la voie normale. Aussitôt ils furent dans sa roue, mais cette fois on n'était plus sur un chemin désert. Les voitures à touche touche avançaient par à-coups, s'arrêtaient, repartaient.

Il devenait hasardeux de provoquer un accident devant tous ces témoins qui auraient pu facilement bloquer les agresseurs.

Avec sa moto légère, Mary s'en tirait mieux que ses poursuivants, elle pouvait prendre les bas-côtés de la route et remonter la file de voitures.

Ils finirent par lâcher prise et elle rallia son campement sans autre mauvaise surprise.

Sitôt rendue, elle téléphona à Fortin qui vint la retrouver avec l'inséparable Kerriou.

– Alors, dit Kerriou jovial, tu me l'as ramenée en bon état?

Il tapotait de la main le réservoir de sa moto.

– Oui mon vieux Paulo, mais j'ai frôlé le désastre. Regarde donc s'il n'y a rien de cassé sur l'arrière.

Paulo, le front plissé, examina soigneusement la moto :

– Je ne vois rien.

– Tant mieux parce que ça a été juste.

– Qu'est-ce qui a été juste?

– On aurait pu te ramener un petit tas de ferraille et moi j'aurais dû finir à l'hôpital, ou pire.

Elle leur raconta l'agression dont elle avait été victime. Au fil de son récit, Fortin regardait Paulo, Paulo regardait Fortin, puis tous deux contemplaient Mary, avec des regards durs où l'incrédulité se mêlait à la colère.

– Qu'est-ce que ça veut dire tout ça? fit enfin Paulo en croisant les bras.

– Ça veut dire, fit Mary, que tout le monde trempe dans la combine!

– Quel monde? Quelle combine?

– Cette foutue histoire de bouquin. J'avais raison, tout part de Landerneau, de chez ce gros salopard de Trébuchet. La vieille secrétaire qui s'enfuit lorsque je presse un peu son patron, vous trouvez ça normal, vous?

Les deux hommes se regardèrent, interrogatifs.

– Là-dessus, poursuivit Mary, j'apprends qu'elle n'est pas seulement sa secrétaire, mais aussi une parente de la cuisse gauche puisque cette Bernadette a eu un enfant, une fille, dont le père n'était autre que… le grand-père de Trébuchet. Monsieur Victor, un grand bourgeois fort respecté en son temps et qui devait - si vous voulez mon avis - tenir son chapelet tout près de sa braguette.

– Alors cette fille…

– Victorine Péroné…

– C'est ça, serait donc…

Paulo hésita, cherchant le terme adéquat.

– Je suis comme toi, dit Mary, je ne sais comment dire. Si elle avait été la fille d'Ernest, le père de Frantz, elle serait sa demi-sœur. Mais en réalité et bien qu'elle soit plus jeune que Frantz, elle est la demi-sœur de son père, donc, en quelque sorte, sa tante.

– Pff, fit Fortin, quelle salade! Je m'y perds, moi.

– Je reconnais que ce n'est pas facile de s'y retrouver, dit Mary. Cependant…

– Cependant quoi?

– Cependant c'est tout de même bizarre que ces

motards m'aient agressée alors que je revenais de visiter Victorine à Brest.

Elle avait presque oublié les deux hommes, elle soliloquait :

– Et puis non, dit-elle après un silence, ce n'est pas si drôle, après tout... Bernadette, qui trempe dans la combine, ne veut pas me parler. Pour m'éviter, elle s'enfuit de son domicile. Où va-t-elle se réfugier ? Chez sa fille, tout naturellement. Or, sa fille me dit qu'elle ne l'a pas vue et qu'elle ignore même où elle se trouve. Pourquoi ce mensonge ?

– Quelle combine ? demanda Paulo.

Elle le rabroua et reprit son monologue :

– Ah, ne m'embrouille pas, chaque chose en son temps ! Si elle avait été claire, elle m'aurait dit : « Oui, maman est là, elle est venue passer quelques jours à la maison. Vous voulez lui parler ? Mais allez-y, ça la distraira. » Et la vieille aurait bien pu me raconter ce qu'elle voulait. Or, quand je suis arrivée chez elle, Victorine m'a reconnue bien qu'elle ne m'ait jamais vue. Pourquoi ? parce que sa mère m'avait décrite fort précisément. Elle a affirmé qu'elle ne savait pas où était la vieille. Et puis elle est retournée dans son cabinet, prétextant avoir oublié de brancher son répondeur. En réalité, elle est allée prévenir sa mère que j'étais sur ses traces et qu'il ne fallait surtout pas qu'elle se montre. La vieille a voulu vérifier que c'était bien moi et elle a écarté le rideau d'une des fenêtres du second étage, ce qui m'a permis de l'entrevoir. J'ai vérifié, Victorine occupe bien le second étage de l'immeuble où est son cabinet. Quand j'ai sonné à la porte, j'ai entendu un frôlement et j'ai eu nettement le sentiment que quelqu'un m'épiait. Il y avait un judas optique dans la porte.

– Et après ? demanda Paulo.

– Après, la vieille a téléphoné à quelqu'un ici…

– Ici ?

– Parfaitement, ici. Quelqu'un qui doit être un petit chef de bande. D'une bande de motards par exemple.

– Tu rêves, dit Paulo. Comment cette vieille femme, la plupart du temps cloîtrée en son logis de Landerneau, serait-elle en contact avec une bande de loubards à moto ? Une équipe qui gîte à Brest si je ne me trompe. Ce n'est pas Ma Dalton, tout de même.

– Qui sait, dit Mary, peut-être qu'on s'en approche.

– Je verrais plutôt sa fille, l'infirmière, agir de la sorte, dit Fortin. Elle est en contact avec le monde, elle.

– Certes. Mais elle n'a pas vu que j'étais venue en moto. J'avais garé la moto sur la place, devant un bar, où il y avait d'autres bécanes en stationnement. En revanche, la vieille, elle, a pu me voir depuis sa fenêtre. Il lui a suffi de relever mon immatriculation, et de téléphoner pour envoyer un groupe d'interception. Si leur plan avait réussi, à cette heure je serais morte ou tout du moins à l'hôpital et ils auraient les mains libres.

– Libres pour quoi ? demanda Fortin.

Elle lui tapa sur l'épaule :

– Oh, bonhomme, décoince un peu ! Quel jour sommes-nous ?

– Samedi.

– Et demain c'est ?

– Dimanche, tiens !

– Et le dimanche c'est quoi ?

– C'est quoi quoi ?

Le pauvre Fortin pataugeait :

– Dimanche matin c'est « l'aube du troisième jour », dit Mary.

– Nom de Dieu ! jura Fortin.

– Comme tu dis. Et il me manque toujours un client.

– Quel client ?

Elle le regarda comme s'il s'agissait d'un demeuré :

– Marcel Prost, pardi !

CHAPITRE XVII

En retournant à son campement, Mary eut la surprise de voir un petit homme tiré à quatre épingles, tout vêtu de gris clair, qui l'attendait.

– Patron!

Le commissaire Fabien avait soigneusement posé un mouchoir dans l'herbe avant de s'asseoir et il s'éventait avec son Fléchet gris perle.

– Ah c'est vous, enfin!

– Il y a longtemps que vous êtes là?

– Une petite heure. Dites donc, ce n'est pas de la tarte pour arriver jusqu'ici!

– Eh, c'est qu'un spectacle comme celui qu'on nous promet ce soir, ça se mérite.

Des groupes de jeunes se dirigeant vers l'entrée du festival regardaient avec curiosité ce quinquagénaire élégant et ils paraissaient se demande comment il était venu se perdre dans cette assemblée.

Fabien soupira en les regardant passer, certains dans des accoutrements impossibles :

– Ça, pour le spectacle…

– À propos, et votre belle-mère?

– Ah, ne m'en parlez pas!

– Ça ne va pas mieux?

– Ça allait mieux. Opération parfaitement réussie, elle recommençait à marcher... Voilà-t-il pas qu'en se promenant dans les couloirs de la clinique elle se fait renverser par un chariot qui allait aux urgences ?

– C'est pas vrai !

– Trop vrai. Résultat des courses, l'autre col de fémur dans le sac. On l'opère demain.

– Et votre femme ?

– Ma femme ? elle est retournée près d'elle, bien sûr !

– C'est pour ça que vous êtes ici.

– En partie. Vous savez que j'aime bien voir ce que font mes hommes sur le terrain. Où est Fortin ?

– Il a trouvé une couverture géniale, patron, il s'est fait embaucher au service de sécurité, ce qui lui permet d'aller partout sans se faire remarquer.

– Pas bête, en effet, concéda Fabien. Il a trouvé ça tout seul ?

– Évidemment, patron, pour qui le prenez-vous ?

Le commissaire préféra ne pas préciser.

– Humph ! fit-il. Vous êtes en contact ?

– Permanent, par téléphone mobile. Dès que je l'appelle, il vient.

– Parfait. Où en sommes-nous ?

– Pierre Perret chante ce soir.

– Ah, et vous pensez toujours que c'est lui qui est visé ?

– C'est ce que laisse croire le bouquin.

– Vous n'avez pas l'air convaincue.

Mary secoua la tête négativement :

– Je ne sens pas ce coup-là, patron.

Elle regarda autour d'elle, la foule se pressait maintenant aux portes du festival et, bien que les entrées fussent parfaitement organisées, il s'y produisait un embouteillage géant.

– Vous voyez enlever quelqu'un là-dedans, patron ? Comment s'en sortiraient-ils dans cette foule ?

– Il suffirait, dit Fabien, qu'ils passent par le boulevard Jean Moulin qui est fermé à la circulation et de là toutes les routes leur sont ouvertes : Quimper, Lorient, Brest, Saint-Brieuc, Rennes, ils n'auraient que l'embarras du choix.

– C'est vrai, dit Mary. Encore faudrait-il y arriver.

Depuis son campement elle voyait le boulevard Jean Moulin, cette rocade qui contournait Carhaix, si proche du site de Kerampuil qu'on l'avait fermée à la circulation pour raisons de sécurité.

– Où est Fortin ? demanda brusquement le commissaire.

– Par là, dit Mary en montrant la foule d'un geste vague.

– Vous pouvez l'appeler ?

– Pas de problème.

Elle sortit son téléphone portable et forma un numéro :

– Allô Jipi, tu peux venir ?

– Maintenant ? protesta Fortin. Qu'est-ce qui se passe ?

– Le patron est là, il veut te voir.

Elle entendit le lieutenant qui s'étranglait :

– Le patron ? Ici ?

– Ouais, grouille-toi !

– Mais il va me voir en tenue, il saura que je fais un extra !

– Tant mieux. Allez, grouille !

Elle coupa la communication et dit à Fabien :

– Il arrive. Ça va peut-être prendre un peu de temps à cause de la foule. Vous n'avez pas faim ?

– Ma foi, si.

Il huma l'air et dit :

– Ça sent bon.

– Saucisses frites, ça vous va ?

– Parfait.

Elle revint quelques minutes plus tard les mains chargées d'un carton.

– J'ai pris deux bières également. C'est moins chic que l'an dernier à Saint-Quay*, mais à la guerre comme à la guerre.

– C'est toujours vous qui régalez, dit Fabien.

– Oh, mais vous me revaudrez ça, j'en suis sûre ! N'aviez-vous pas parlé d'une invitation au moulin de Rosmadec ?

– Si, si, je m'en souviens. On verra ça en rentrant.

Mary le regarda malicieusement. Peut-être que cette fois, puisque madame Fabien était retenue auprès de sa mère…

– Ah, ça me fait plaisir. Je croyais que vous aviez oublié, patron.

– Non, ne croyez pas ça, Mary…

Il prit trois frites avec ses doigts et eut soudain l'air pressé de parler d'autre chose.

– À propos, il va falloir cadenasser sérieusement les voies menant à cette rocade.

* voir *Roulette russe pour Mary Lester*

– C'est fait, patron, la gendarmerie contrôle tous ces accès. Mais si vous voulez mon avis, ça ne servira pas à grand-chose. Si les voyous tiennent Perret en otage…

– En effet, dit Fabien, en effet. Il faut donc faire en sorte qu'on ne puisse pas mettre la main dessus.

– Je crois, dit Mary, que Fortin s'est occupé de cet aspect de la question.

Elle vit Fabienne passer avec Christine et Véronique :

– Tu viens, Mary ?

– Je vous rejoins.

Et Christine dit, guillerette :

– Il est mignon ton nouveau fiancé !

Fabienne ajouta, perfide :

– Tu dragues dans le troisième âge maintenant ?

Et elle enfonça le clou :

– J'aimais mieux celui d'hier soir !

Elles s'éloignèrent en riant sous le regard furieux du commissaire.

– Qui sont ces péronnelles ?

– Mes voisines de camping. Ça fait trois jours que je fais la fête avec elles.

– Et ce… celui d'hier, c'était qui ?

Elle rit :

– Je vous trouve bien indiscret, patron. Tenez, il arrive.

Fortin s'empressait.

– Excusez-moi, patron, il y a une foule aux entrées, je n'ai jamais vu ça ! Sûr qu'on va approcher les 70 000 personnes ce soir. Vous avez vu ? Ça déboule de partout !

En effet, le site de Kerampuil ressemblait maintenant à une gigantesque fourmilière en pleine activité.

Déjà les sonos chauffaient le public, déjà les pompes à bière branchées sur les énormes camions-citernes réfrigérés donnaient à plein, déjà les friteuses crachaient leur fumée grasse dans le crépuscule.

– Comment cela se présente-t-il en bas? demanda Fabien après un drôle de regard à Mary.

– Dès que Perret arrivera sur le site, dit Fortin, ils sera encadré par dix gars de la sécurité.

– Vous êtes sûr d'eux?

– Aucun problème, patron, ce sont tous des pro et ils sont drivés par le lieutenant Kerriou, un spécialiste de la protection rapprochée.

– Un type de la maison?

– Oui, un flic de Saint-Brieuc. Quand il aura terminé sa prestation, Perret sera raccompagné dans l'arrière-scène où il sera sous notre protection jusqu'à ce qu'il s'en aille. Dès qu'il montera dans sa voiture, il sera pris en charge par la gendarmerie qui l'escortera jusqu'à Rennes où un avion l'attend.

Le commissaire secoua la tête :

– Je ne vois vraiment pas comment on pourrait l'enlever. Et je ne vois vraiment pas pourquoi ce Marcel Prost a pris la peine d'écrire ce bouquin. S'il voulait vraiment enlever Perret…

– Qu'avez-vous dit, patron? coupa Mary.

Le commissaire la regarda, surpris :

– J'ai dit que s'ils avaient vraiment voulu enlever Perret ils n'auraient certainement pas pris la peine de nous en avertir. Ça vous inspire quelque chose, lieutenant?

Mary ne répondit pas, elle consultait le programme :

– Nom de Dieu, patron ! regardez !

Elle pointait un doigt sur le programme :

– Faudel, lut le commissaire, eh bien ?

Il regardait Mary, interrogatif :

– Qui est ce jeune homme ?

– Faudel, le petit prince du raï.

– Il travaille à la SNCF ?

En d'autres circonstances Mary aurait éclaté de rire. Le commissaire était bien un archaïque de la période Verchuren.

– Mais non, dit-elle, le raï, la musique. Faudel, la nouvelle idole des jeunes. Bon Dieu, s'il lui arrivait quelque chose, ce serait l'embrasement dans les banlieues !

– À ce point là ? demanda le commissaire subitement inquiet.

– À ce point-là, oui.

– N'importe comment, reprit Fortin de sa voix calme, ce qui est valable pour Perret l'est aussi pour Faudel. Et Faudel, en plus, est très entouré. Je ne vois pas qui pourrait l'approcher.

– Je voudrais bien examiner tout ça de près, moi, dit Fabien. Je suis invité par le président du Festival. Mais comment traverser cette foule ?

– Je vais vous conduire, patron, dit Fortin. On va longer la clôture par l'extérieur et on rentrera par l'arrière-scène. Tu viens, Mary ?

Elle hocha la tête négativement :

– Non. J'ai quelque chose à vérifier.

Le commissaire la regarda bizarrement.

– Une idée comme ça, patron, dit-elle.

Elle montra son téléphone portable :

– De toutes façons, on garde le contact.

Elle entra dans sa tente, enfila un sweat-shirt bleu marine par-dessus son tee-shirt blanc et prit dans son bagage une paire de jumelles de poche.

Puis elle remonta le talus, longeant le camping aux tentes maintenant désertées, campement fantomatique qu'éclairait une lune pâle dans le jour qui mourait.

Les bruits de sono se faisaient moins présents et le feuillage des arbres contribuait à couper les sons.

Mary marchait silencieusement sur l'herbe où la rosée commençait à perler. Elle atteignit l'autre bout du camp où, près de la route, une tente de bonnes dimensions était encore éclairée. Près de cette tente, rangées en bon ordre, des motos qui rappelaient à Mary de fâcheux souvenirs.

Elle voulut s'en approcher pour s'assurer que c'étaient les bonnes - plusieurs milliers de jeunes utilisaient ce moyen de locomotion -, mais elle vit à temps le bout incandescent d'une cigarette luire dans la nuit. Il y avait un garde.

Les gens qui ont de bonnes intentions mettent-ils un garde devant leur tente ?

Non. Elle se ramassa silencieusement derrière une petite canadienne et sortit ses jumelles. Le garde fit quelques pas en boitant et la lune soudain l'éclaira.

Mary retint de justesse un cri : « Coyote ! »

Le tatoué observait une surveillance relâchée. Toute son attitude disait qu'il ne voyait pas l'utilité de cette veille. Il porta une boîte de bière à sa bouche, but longuement, se torcha les lèvres d'un revers de main en rotant fort élégamment. Puis il s'assit sur la selle d'une des motos et tira sur sa cigarette.

Mary se recula silencieusement et entreprit de faire un large tour pour revenir vers la tente éclairée.

Elle s'en approcha en rampant sur les coudes et entendit bientôt un bruit de conversations. Et dans cette conversation, une voix qu'elle aurait reconnue entre mille.

Elle s'exclama intérieurement : Trébuchet !

CHAPITRE XVIII

« Ah le vieux salaud! il m'a bien eue avec sa mine de chattemite! Le faux cul! »

Elle n'en revenait pas. Que faisait l'éditeur parmi cette bande de motards? Elle imaginait mal l'obèse roulant à deux cents à l'heure, le nez dans la bulle.

Et pourtant, cette voix... Il n'y avait pas à s'y tromper!

La tente était éclairée par un lumignon à gaz et, d'où elle était, elle n'apercevait que des silhouettes. Se pouvait-il que l'éditeur de *À l'aube du troisième jour* fût là? Si elle devait en croire ses oreilles, oui.

Car elle ne l'avait pas entendue qu'une fois, cette voix. Les autres lui étaient étrangères et elles parlaient sur un ton normal, mais celle de Trébuchet était impérieuse, comme quand, lors de sa première visite, il l'avait prise de haut. C'était la voix du chef. Quand il avait parlé, les autres se taisaient.

– Le vieux salaud! redit-elle entre ses dents. que peut-il bien manigancer?

Et soudain tout fut clair dans sa tête. Mais c'était évident! comment n'y avoir pas pensé plus tôt. Elle était d'une bêtise, elle s'en serait collé des baffes. Pourquoi risquer d'aller, dans une foule, enlever un chanteur connu et protégé, oui, pourquoi. Pour en tirer rançon? Mais quelle rançon? trois millions, quatre millions hypothétiques, avec des risques - l'enlèvement étant un crime majeur - en cas d'échec et une lourde sanction à la clé.

Et toutes les infrastructures qu'une telle entreprise supposait? Un lieu de détention, la délicate remise de rançon...

Ça ne tenait pas debout. Il était si simple d'aller braquer la caisse à l'entrée du festival. Combien d'entrées en ce samedi soir? soixante? quatre-vingts mille? Plus? À cent balles l'entrée, le tout en espèces puisque, pour des raisons pratiques, c'était le seul mode de paiement accepté, ça faisait un joli magot, juste là, sous la main, en billets non numérotés qu'il n'y avait qu'à cueillir.

À cueillir avec d'autant plus de facilité que la sécurité, polarisée sur l'enlèvement annoncé de Pierre Perret, avait concentré ses effectifs autour du chanteur.

Il suffirait d'arriver avec une demi-douzaine de gaillards déterminés, de braquer les caissiers et d'embarquer le fric. Puis, avant même que l'alarme ait été donnée, les puissantes motos auraient fait cent, deux cents kilomètres qui les mettraient à l'abri des recherches.

Ils auraient même le temps d'aller à Brest et d'en revenir, de se mêler à la foule des festivaliers, de continuer la fête jusqu'au bout de la nuit, jusqu'à « l'aube du troisième jour ».

Et en plus, le bouquin du père Trébuchet, servi par ce hold-up sensationnel, monterait illico au hit-parade des ventes.

Tout le monde allait y gagner dans cette histoire. Tout le monde sauf les organisateurs du festival.

La fête survivrait-elle à un tel trou dans sa caisse?

Quant aux flics, bien sûr, ils seraient tournés en ridicule.

Ça bougeait dans la tente. Toujours cette voix de Trébuchet, tranchante, autoritaire :

– Bon, vous savez tous ce que vous avez à faire, suivez-moi!

Il sortit de la tente, et ce n'était pas Trébuchet! Bien quelle ne le vît que de dos, Mary se rendit compte que ça ne pouvait pas être lui, à moins qu'il eût perdu un demi-quintal en quelques heures...

Ce ne fut que lorsqu'il se retourna qu'elle comprit. Le gaillard devait avoir une trentaine d'années. Il était trapu, costaud et portait sur le visage cette insupportable morgue qu'elle n'avait vue que sur deux visages : celui d'un ancien président de la république et celui d'un éditeur miteux. Comment avait-elle dit la vieille qui habitait vis-à-vis de Trébuchet à Landerneau? « Un air de ch..er sur le monde ». Si triviale qu'elle fût, l'expression était particulièrement appropriée.

« Les souris ne font pas des rats », disait fréquemment la grand-mère de Mary. Un gros Trébuchet faisait un petit Trébuchet, tout aussi redoutable, tout aussi retors, tout aussi malhonnête que son géniteur. Mais ce Trébuchet-là portait le nom de sa mère, c'est-à-dire qu'il s'appelait Péroné.

C'est ce que Mary comprit quand elle vit ses petits yeux noirs. Elle se dit : « non, ce n'est pas possible, je rêve! »

Elle ne rêvait pas, le timbre d'une voix, la luisance de deux yeux sont souvent plus probants dans une recherche de filiation que des fiches d'état civil.

Mary avait sous les yeux le fruit des amours coupables - comme aurait dit la vieille dame de Landerneau - de Victorine Péroné avec Frantz Trébuchet.

Un casse-tête pour les généalogistes. Un Trébuchet-Péroné qui signait Marcel Prost de son nom d'artiste.

Quelle embrouille! Quel sac de nœuds, aurait dit Fortin.

Et le gros Trébuchet devait savoir qu'il était père et que son fils, s'il avait hérité de sa suffisance et de son incommensurable orgueil, avait, en plus, reçu de sa mère l'intelligence qui faisait défaut à son géniteur.

Trébuchet-Péroné-Prost (comment fallait-il l'appeler?) donnait ses ordres. Il connaissait parfaitement le scénario. N'était-ce pas lui qui l'avait écrit?

– Coyote, tu gardes les bécanes!

L'ex-copain de Fabienne acquiesça, non sans protester. Trébuchet-Péroné, que ses copains appelaient Franky, coupa court :

– Tu ne peux même plus marcher! Avec tes conneries, l'autre sauterelle est dans la nature. Je n'ai pas envie qu'elle vienne ici nous crever les pneus. Alors tu veilles, hein !

Mary vit Franky arracher de la main du Coyote la boîte de bière qu'il lança au loin.

– Et puis, arrête de picoler, nom de Dieu!

Mary recula prudemment. Il fallait qu'elle prévienne Fortin de ce qui se tramait. Et il fallait qu'elle soit assez loin pour que les voyous ne l'entendent pas.

C'est à ce moment que son téléphone se mit à sonner. Son sang se glaça : c'était bien le moment!

Autour des tentes, le groupe s'était figé.

– Qu'est ce que c'est que ça? gronda Franky.

Mary posa son téléphone à terre et recula derrière une tente, puis derrière une autre, mettant de l'espace entre elle et les voyous.

À terre le téléphone sonnait toujours et les loubards cherchaient à présent d'où venait cette insistante sonnerie. Une lampe électrique s'alluma, puis une autre, une troisième. Des faisceaux lumineux trouèrent la nuit.

– Ici, cria un des types en ramassant l'appareil. Quelqu'un qui a perdu son appareil.

Il appuya sur une touche et Mary l'entendit dire :

– Allô? Allô?

Franky arriva sur lui comme un bolide et lui arracha l'appareil :

– Donne-moi ça, espèce d'abruti!

☆

Derrière le podium, Fortin qui avait appelé Mary fronça les sourcils en entendant un organe mâle dans l'écouteur. Lorsqu'il entendit la voix furieuse de Franky, il changea de couleur. Il saisit Paul Kerriou par la manche pour attirer son attention.

– Paulo, il se passe quelque chose de louche.

– Où ça?

Ils étaient obligés de se parler à l'oreille en guidant le son de leurs mains pour se faire entendre.

– Mary…

– Qu'est-ce qu'elle a, ta Mary?

Fortin le prit par l'épaule et l'entraîna à l'abri d'un des énormes semi-remorques qui avaient servi à transporter les éléments métalliques de la scène.

Là, on pouvait se parler à peu près normalement.

– Je l'ai appelée…

– Et alors?

– C'est un type qui a répondu.

– Et alors? demanda de nouveau Paulo.

– C'est pas normal. Il y a une autre voix qui a gueulé : « donne-moi ça, espèce d'abruti! » Il est arrivé un malheur à la petite, dit Fortin d'une voix blanche. Il faut que j'aille voir.

– Bah, elle aura perdu son téléphone et quelqu'un l'aura ramassé…

– Non, fit Fortin de la tête, non! Faut que j'y aille!

– Attends, protesta Paulo, on doit rester ici. C'est au tour de Perret de passer.

– Qu'est-ce que j'en ai à foutre de Perret! Peuvent bien en faire ce qu'ils veulent!

Il y avait du désespoir dans la voix du lieutenant Fortin.

– Qu'est-ce que tu veux qu'il lui arrive, il est mieux gardé que Saddam Hussein et Milosevic réunis!

– Tu as raison! dit Paul Kerriou subitement. Allons-y!

Il dit quelques mots à un autre agent de sécurité, puis il suivit Fortin.

Les deux hommes, le chien sur les talons, sortirent de l'enceinte par l'arrière de la scène et remontèrent vers le camping en suivant la longue barrière métallique.

– Où la trouver? demanda Fortin devant l'immense village de tentes.

– Montons jusqu'à son campement, ensuite on se fiera au pif de Cassius.

☆

Pendant ce temps, les choses se détérioraient gravement pour Mary. Ayant perdu son téléphone, elle voulut se précipiter pour prévenir Fortin, mais un des loubards la vit s'enfuir. Aussitôt la chasse s'engagea entre les tentes.

Franky glapissait :

– Ne la laissez pas filer, sinon c'est foutu!

Mary bondissait comme une gazelle poursuivie par la meute et elle l'aurait probablement distancée si un tendeur de tente invisible dans l'ombre n'en avait décidé autrement.

Elle fit un magnifique vol plané et atterrit rudement contre une grosse racine à fleur de sol.

Quand elle revint à elle, il lui sembla que sa tête était en train d'exploser. Elle s'assit, porta sa main à ses tempes et à son front où un magnifique œuf de pigeon avait poussé.

– Mamma mia! dit-elle.

Elle ouvrit les yeux, tout tournait, alors elle les referma. Elle fit une nouvelle tentative et ne vit autour d'elle qu'une douzaine de jambes qui l'encerclaient.

Ces jambes étaient surmontées de corps, puis de têtes qui la regardaient sans aménité.

Franky lui montra le téléphone portable :

– C'est à toi, ça?

Mauvais réflexe, elle tendit la main pour le prendre.

– Pas touche ! dit-il. Qu'est ce que tu foutais là, à nous espionner ?

– Moi ? parvint-elle à dire d'une toute petite voix.

– Oui, toi !

Il arracha les jumelles qui pendaient autour de son cou :

– C'est quoi, ça ? C'est pas pour espionner, peut-être ?

Elle remit ses mains sur ses oreilles :

– Oh là là, ma tête, ma tête !

– On n'en tirera rien, dit une autre voix, elles est encore dans le cirage.

– Ramenez-la à la tente, dit Franky.

Mary se sentit saisie aux épaules et traînée sans ménagement sur l'herbe. Heureusement qu'il n'y avait que quelques dizaines de mètres à faire. Le sang lui battait douloureusement aux tempes et elle voyait des myriades d'étoiles d'une blancheur éblouissante passer devant ses yeux.

Quand les loubards la lâchèrent, elle s'effondra, sans force, sans courage, sans ressort.

– Qui c'est cette nana ? demanda une voix.

– Cette nana, ricana Franky, c'est un flic !

– Un flic ? s'étonna la voix.

– Oui, mon pote, et drôlement collant, je peux te le dire.

– Elle n'est pas mal, pour un flic, apprécia l'autre.

– Peut-être bien, grommela Franky, mais j'aurais autant aimé ne l'avoir jamais connue.

Il la poussa de la pointe de sa santiag :

– Maintenant, il va falloir qu'elle nous dise ce qu'elle sait.

– Que veux-tu qu'elle sache ?

– T'es con, mon pauvre Dédé, dit Franky avec pitié, comment crois-tu qu'elle soit parvenue jusqu'à nous ?

– J'en sais rien, moi, dit le nommé Dédé avec humeur.

– Eh bien moi non plus je n'en sais rien, et justement, je voudrais bien savoir. Je voudrais surtout savoir ce qu'elle a raconté à ses collègues.

À nouveau, du bout du pied, il poussa Mary qui récupérait difficilement :

– Et tu vas nous le dire, hein ! ma petite ?

– Elle ne dira rien, dit une autre voix, elle est encore dans le cirage.

– Tu vas voir si on n'en tirera rien, dit la voix menaçante de Franky, là on n'a pas le temps, mais on verra ça au retour. Attache-la, Coyote, et veille bien sur elle.

– Avec quoi que j'l'attache ? demanda le tatoué.

– Mon Dieu que ce type est con ! rugit Franky Trébuchet. Avec une ficelle, abruti !

Il regarda le Coyote, furieux, et dit :

– Tiens, je préfère le faire moi-même !

Il se pencha et noua soigneusement les chevilles, puis les poignets de Mary.

– Si elle se met à gueuler, recommanda-t-il au Coyote, assomme-la ! On réglera son sort quand on reviendra. À présent, allons-y les gars !

Ils disparurent dans la nuit et Mary resta face à son geôlier. Les chocs se faisaient plus supportables dans son crâne, ses nausées s'atténuaient et, au bout d'un moment, elle put s'asseoir. Heureusement, Trébuchet ne lui avait pas lié les poignets dans le dos.

Posé sur la selle de sa moto, un pied à terre l'autre sur un tube chromé, Coyote contemplait Mary en fumant. Il devait se prendre pour le cow-boy de la pub Marlboro. Au bout d'un moment, il sortit une boîte de bière d'un pack dissimulé sous le double toit de la tente. Il l'ouvrit et but une longue gorgée. Puis il continua de considérer Mary assise dans l'herbe.

– Pourquoi as-tu essayé de me tuer, Coyote? demanda-t-elle.

Il la regarda, mal à l'aise, but à nouveau longuement et grogna :

– J'ai jamais essayé de te tuer! Qu'est-ce que c'est que cette histoire?

– Et cet après-midi, en rentrant de Brest, tu crois peut-être que je n'ai pas reconnu ton tatouage? Ça va te coûter cher, mon vieux!

Coyote eut un rire bref :

– Tu ne manques pas d'air, toi. Si tu veux mon avis, j'aime tout de même mieux être à ma place qu'à la tienne.

– C'est là que tu te trompes! Demain tu coucheras en taule.

– Tu es mal placée pour menacer. Demain on aura au moins cent briques chacun et toi et toi…

Il haussa ses maigres épaules et but une nouvelle gorgée de bière.

– Et moi quoi? demanda-t-elle.

– Tu verras bien. C'est pas moi qui décide, c'est Franky.

– C'est le chef?

– Ouais.

– Franky Péroné, hein?

– Pourquoi que tu me le demandes, puisque tu le sais!

– Et comment que tu sais que je le sais?

– C'te connerie! Tu es allée chez sa vieille à Brest cet après-midi. La vieille lui a téléphoné, à Franky, il a un portable comme toi.

– Et alors?

– Elle l'a prévenue qu'il y avait une nana en moto qui posait des questions indiscrètes.

– D'accord. Elle vous a donné le numéro de ma moto en vous disant que vous me trouveriez probablement sur la route du retour. C'est ce que vous avez fait.

Il grogna une nouvelle fois, dans sa boîte de bière.

– Et toi, ajouta-t-elle, tu as essayé de me tuer!

Coyote écrasa la boîte de bière, la regarda avec regret et la jeta derrière lui. Puis il se pencha pour en prendre une autre.

– Je voulais juste te pousser au fossé.

Elle s'efforça de rire :

– À cent à l'heure, et je me serais ramassée sur les rochers au bord de la route! Les jurés apprécieront!

– Quels jurés?

– Ceux devant lesquels tu ne vas pas tarder à te retrouver, pauvre nouille!

Ce fut au tour du Coyote de ricaner :

– Te fais pas trop d'illusions. T'es entre les pattes de Franky. Tu n'as pas lourd de chances d'en sortir.

En dépit de la tiédeur de la nuit d'été, Mary frissonna : elle avait un mauvais pressentiment.

– Que veux-tu dire ?

– Si tu crois que Franky va te laisser filer… Tu ne le connais pas Franky, c'est lui le plus fort ! Il ne laisse jamais rien au hasard, avec lui on ne se fera jamais piquer.

– C'est lui qui a monté ce coup-là ?

– Ouais. Et quand il monte un coup, Franky, ça ne foire pas. Il connaît tout, et en matière d'ordinateurs c'est un super-crack !

Elle tenta de crâner :

– T'as qu'à croire ! Il ne sait même pas qu'à l'heure qu'il est, mes collègues sont déjà sur votre piste. Si ça se trouve, ils sont là, ou là…

Elle montrait de la tête divers points du campement désert sous la lune.

– Ils vont te tomber dessus, et ce ne sont pas des rigolos. Tu te souviens de celui qui t'a viré de la tente de Fabienne l'autre jour ?

Coyote grogna :

– Personne ne m'a viré !

Mary le regarda, incrédule. Il devait être tellement saoul qu'il ne se rappelait plus de rien. Néanmoins, les propos de Mary parurent le troubler. Il se mit à fouiller l'ombre des yeux.

– Tu les vois ? demanda Mary.

– Ta gueule ! grinça-t-il d'une voix inquiète. Y'a personne !

– Dis plutôt que tu ne les vois pas. Ces types sont des spécialistes, des anciens commandos. Ils pourraient te couper la gorge avant même que tu les aies entendus venir.

– Oh, ta gueule ! dit le Coyote mal à l'aise en sautant bas de sa moto.

Ses yeux fouillaient les zones d'ombre derrière les tentes éclairées par la lune.

– Demain à cette heure-ci, vous serez tous en taule, dit Mary avec une assurance qu'elle n'éprouvait pas du tout.

– Ta gueule, dit derechef le Coyote, tu me fatigues.

Elle ironisa :

– Tu n'as pas un vocabulaire bien étendu, hein mon pauvre gars ! « Ta gueule », c'est tout ce que tu sais dire. Je me demande bien pourquoi j'essaye de te faire réfléchir, tu en es bien incapable ! Il n'y a qu'à voir comment Franky Péroné te traite. Tu n'es pas fier, hein, Coyote ?

– Ta gueule, gronda le Coyote une nouvelle fois.

Elle sentit qu'elle l'avait touché.

– Tu vois, j'avais raison, dit-elle.

Il s'avança, menaçant :

– Si tu ne la fermes pas, je t'assomme ! C'est Franky qui me l'a dit !

Elle le singea :

– Franky… Franky… C'est bien ce que je disais, tu es trop bête pour penser par toi-même !

Il leva le bras pour la frapper et elle recula sa tête. Mais le tatoué ne termina pas son geste. Il se leva pour prendre une nouvelle bière sous l'auvent de la tente, puis il alluma une cigarette et souffla un nuage de fumée vers le ciel, ce qui parut lui redonner du courage.

– J'vois pas pourquoi j'm'énerve, dit-il d'une

voix sourde, demain à cette heure-ci le pognon sera en sécurité et nous serons bien peinards sous nos tentes. Personne, tu entends, personne ne pourra rien prouver contre nous.

Mary se tortilla dans ses liens, ce qui fit rigoler le Coyote :

– Tu as envie de pisser ? Tu n'as qu'à faire dans ta culotte !

– Salaud ! gronda-t-elle.

Ça le fit rire encore plus.

CHAPITRE XIX

Dans sa guérite, aux entrées, les comptables de l'agence de transfert de fonds n'en finissaient pas d'épingler les billets de cent francs. Sur la table centrale il y avait une montagne de liasses et chacun se demandait : « Ça fait combien ? »

On n'en était pas encore aux totaux. Pour le moment, il s'agissait de faire des liasses : dix billets soigneusement épinglés, ça faisait mille francs... Dix liasses ceintes d'un bracelet de plastique, ça faisait une brique. Et les briques s'accumulaient sur la table.

On totaliserait plus tard, à la banque, bien en sécurité. Pour le moment il ne s'agissait que de faire les liasses, de les mettre en sac, de plomber les sacs, de les charger dans la camionnette blindée des convoyeurs de fonds et de les évacuer au plus vite.

Le bruit de la fête leur parvenait, mais ils n'étaient pas là pour y participer. Ils étaient six, dont deux femmes, et ils travaillaient consciencieusement. Chaque liasse était comptée deux fois, pour éviter les erreurs. Tout ce fric ! Ils n'en avaient jamais tant vu.

La porte s'ouvrit doucement et un homme vêtu

de noir bondit dans la pièce, un pistolet-mitrailleur à la main.

– On ne bouge pas!

L'atmosphère se tendit soudain et chacun se figea sans finir le geste commencé.

L'homme en noir était cagoulé et on ne voyait que ses yeux et sa bouche. Une bouche charnue, trop rouge par opposition au noir de la cagoule. C'était effrayant!

Une femme poussa un cri étranglé et le sinistre individu se posta dans un angle d'où il pouvait surveiller toute la guérite.

– Si vous ne faites rien, il n'y aura pas de casse. Sinon…

Ses yeux noirs luisaient, inquiétants, par les fentes de la cagoule. La voix était sourde, autoritaire.

L'homme fit un geste explicite du canon de son arme. Les comptables étaient pétrifiés. Où étaient donc les agents de sécurité disposés autour des caisses?

– Ils sont bien au chaud dans la guérite d'à côté, dit le type au pistolet-mitrailleur comme s'il avait lu dans leur pensées. Ils ont été bien sages, bien obéissants, il n'y a donc pas de bobo. Prenez-en de la graine et il ne vous arrivera rien.

Il eut un rire sans joie :

– … Et surtout, n'attendez pas d'aide de ce côté!

En fond sonore, on entendait les échos de la scène et les cris d'enthousiasme des spectateurs.

Quatre autres individus étaient entrés à leur tour, portant de grands sacs de toile, comme en utilisent les services postaux.

Les voyous allaient emporter la caisse ! Le produit de plusieurs mois de travail de centaines de bénévoles. Le responsable de l'agence risqua un geste, un coup de crosse le cueillit sur le côté du crâne et il s'écroula, assommé, sur le tas de billets.

Une femme se mit à gémir :

– Vous l'avez tué !

Elle reçut une gifle magistrale qui la fit taire instantanément. Elle se recroquevilla sur elle-même en sanglotant.

Devant cette violence, les autres comptables osaient à peine respirer.

– À la bonne heure ! dit l'homme au pistolet-mitrailleur. Allez, on charge ça, et on se presse, on se presse !

En un rien de temps l'argent fut réparti dans les quatre sacs.

Les quatre hommes sortirent, puis revinrent, délestés de leur charge. Ils entreprirent alors de ficeler les comptables avec de la cordelette.

Puis ils disparurent en fermant soigneusement la porte. Toute l'affaire n'avait pas duré cinq minutes.

*

Un quart d'heure plus tard, ils étaient de retour. Mary les entendit arriver avant de les voir. Franky ouvrait la marche, les quatre autres haletaient légèrement sous le poids des sacs.

– Ben dis donc, fit l'un d'entre eux, si on m'avait dit un jour que je serais fatigué de porter du pognon !

Et un autre :

– Je sais maintenant pourquoi on appelle ça des francs lourds !

Il y eut de petits rires étouffés, puis la voix sèche, impérieuse de Franky :

– Vous allez la fermer ?

Le silence se fit immédiatement.

– Qu'est-ce qu'on fait ? demanda une voix que Mary n'identifia pas.

– Ce qu'on a dit, connard, fit la voix de Franky. On va à la planque, on dépose le pognon et on revient ici aussi sec.

– Tu es sûr qu'il faut revenir ? Maintenant qu'on a le pognon…

– Mon pauvre Dédé, dit encore le chef du gang, il y a vraiment des moments où ta connerie me désespère. Tiens, tu en arriverais presque à être aussi bête que ton copain le Coyote. À croire que c'est contagieux, la connerie !

Il gronda :

– Tout a été mis au point et on s'en tiendra au plan !

Il y eut un silence, puis quelqu'un risqua :

– Et la fille ?

– On l'emmène.

– Tu es fou !

– On l'emmène, je te dis !

Il n'y avait pas à discuter avec un type qui parlait de la sorte.

– Qu'est-ce qu'on va en faire ?

– T'occupe !

Un vrai chef, ce Trébuchet-là ! Il n'y en avait pas un qui pipait mot. On obéissait au doigt et à l'œil. Grand-papa Victor aurait été fier de son petit-fils.

Ce n'est pas lui qui aurait laissé l'affaire familiale partir en quenouille.

– Allez, grouillez!

Franky se tourna vers le Coyote :

– Toi, tu restes là!

– Mais Franky... tenta de protester le loubard.

– Fais ce que je te dis!

– Merde! éructa le Coyote mal content.

– Avec ta patte folle, tu ne ferais que nous retarder. Il faut quelqu'un pour garder le camp, tu restes!

Il baissa la tête, vaincu. Déjà les quatre autres fixaient les sacs de jute sur leurs réservoirs à l'aide de sandows. Franky chargea Mary comme un baluchon de linge sale en travers de sa selle non sans lui jeter au passage :

– T'avise pas de broncher, sinon je te largue en route.

Il regarda sa montre :

– On sera revenus d'ici une heure. Après on ne bouge pas. Les flics vont fouiller partout...

Il eut un petit rire :

– ...Ça les occupera!

Les moteurs grondèrent et les puissantes bécanes se ruèrent vers Brest. Mary devait se souvenir toute sa vie de cette folle chevauchée. De Carhaix à Brest il y avait environ quatre-vingt-dix kilomètres que les motards franchirent en une petite demi-heure.

La nuit était claire, la circulation nulle. Dans les longues lignes droites, les motos dépassaient les deux cents kilomètres heure. À plat ventre sur la selle, pieds et poings liés, elle recevait en plein visage le souffle brûlant des cylindres. Dans les virages ses cheveux frôlaient le bitume et quand ça basculait de l'autre côté elle devait relever les jambes pour ne pas toucher la route. Écœurée par l'odeur d'huile chaude elle avait d'affreuses nausées et le sang lui battait aux tempes, provoquant une atroce migraine.

Cependant Trébuchet et ses hommes étaient de sacrés pilotes. Ils pénétrèrent dans Brest par le port de commerce, s'arrêtèrent dans une petite rue derrière de vieux bâtiments qui avaient résisté aux bombardements de la dernière guerre.

Il était temps qu'on arrive, Mary s'était tellement crispée pendant ce voyage hallucinant qu'elle avait mal partout.

Son sang lui martelait les tempes avec une telle force qu'il lui semblait que sa tête allait éclater et elle avait eu le nez si près du moteur que les odeurs d'huile brûlée lui avaient donné envie de vomir. En plus, elle s'était tellement crispée par crainte de tomber qu'elle avait des crampes dans les cuisses, dans les fesses.

Sans égards, Franky la chargea sur son épaule comme un ballot de linge sale puis les quatre hommes passèrent derrière une maison en ruine adossée à une colline.

Étrange convoi au clair de lune ; on eût dit Ali Baba et ses voleurs rentrant dans leur caverne après une razzia particulièrement fructueuse.

L'un des hommes posa son sac pour déplacer une tôle rouillée qui masquait l'entrée d'un souterrain creusé à même le roc. Une pile électrique s'alluma et ils s'avancèrent sans hésiter dans la galerie.

Après avoir parcouru une centaine de mètres, les

voyous s'arrêtèrent et Mary fut déposée sur le sol sans ménagements.

– Où sommes-nous ? demanda-t-elle d'une voix qu'elle ne reconnut pas.

– Dans un endroit où personne ne viendra te chercher, dit Franky. Pendant la guerre ça a été un abri contre les bombardements. Puis on en a fait une champignonnière. Maintenant, c'est notre planque.

– Qu'est-ce que vous allez faire de moi ?

Il ricana méchamment :

– Pour le moment, tu es notre paratonnerre au cas où les choses se gâteraient. Mais je ne vois pas pourquoi elles se gâteraient, n'est-ce pas les gars ?

Il y eut de petits rires satisfaits. Mary ne voyait rien d'autre que le cercle jaune de la lampe électrique qui se déplaçait. Puis quelqu'un craqua une allumette et la lumière blanche d'une rampe à gaz éclaira les lieux.

– Vous n'allez pas me laisser là, dit-elle. La panique commençait à la gagner à la pensée de rester toute seule dans ce souterrain.

– On va se gêner ! dit la voix brutale de Franky. Tu voudrais peut-être une dame de compagnie ?

Elle se mit à pleurer silencieusement. Une lampe se braqua sur elle et une voix s'écria :

– Elle chiale !

– Elle peut chialer, elle peut gueuler, j'en ai rien à foutre ! dit Franky.

Il lui prit brutalement le menton dans la main et lui cracha au visage :

– T'avais qu'à pas te mêler de nos affaires.

Il la repoussa sans ménagement sur les sacs posés à terre et dit à ses hommes :

– Allez les mecs, on s'arrache ! Faut qu'on soit là-bas dans…

Il regarda sa montre :

– … une demi-heure.

Le noir se fit et Mary sentit tout le poids de sa solitude. Elle avait l'impression d'être enterrée vivante, une vague de panique la submergea, elle se mit à hurler à s'en déchirer les cordes vocales. Puis elle se tortilla dans ses liens avec l'énergie du désespoir sans autre résultat que celui de s'écorcher la peau des poignets. Alors elle se remit à pleurer. C'était sûr, elle allait mourir là. Personne ne viendrait la chercher. Personne ! Comment aurait-on su où elle était ? Et là-bas, à Carhaix, le commissaire devait s'acharner à la joindre sur son portable, Fortin s'arrachait probablement les cheveux…

Non, on ne la retrouverait jamais. Le silence était oppressant, l'atmosphère étouffante, des gouttes d'eau glacée qui perlaient de la voûte lui tombaient dans le col.

Elle s'aperçut qu'elle mourait de soif et ouvrit la bouche vers cette eau venue d'on ne savait où. Une goutte, puis une bonne minute et une autre goutte. C'était bien peu, mais ça lui fit du bien.

Elle s'adossa aux sacs du plus confortablement qu'elle put, fit quelques respirations contrôlées et retrouva peu à peu son sang-froid.

Un frôlement contre sa jambe la fit tressaillir, elle rua dans le vide. Il y eut un petit cri suivi d'un hurlement que Mary poussa : les rats ! Elle était entourée de rats. Elle crut qu'elle allait perdre la raison.

CHAPITRE XX

Fortin, Kerriou et le chien arrivèrent au campement de Mary légèrement essoufflés.

Fortin ouvrit la tente, appela, en vain.

– Putain! qu'est-ce qui a bien pu lui arriver? demanda-t-il d'une voix angoissée.

Il montra le village de tentes silencieux et désert sous la lune et redit :

– Qu'est-ce qui a bien pu lui arriver?

Le laissant se lamenter, Paulo s'était introduit dans la tente. Il en revint avec un tee-shirt chiffonné :

– C'est bien à elle, ça?

– Oui, dit Fortin.

– Alors, on est sauvés.

Il se pencha pour ôter sa muselière au chien et lui tendit le tee-shirt.

– Cherche, Cassius, cherche!

Le chien flaira le vêtement puis se mit à tirer sur sa laisse.

– Viens! ordonna Paulo.

Cassius allait et venait, tournant et retournant sur lui-même.

– Tu crois qu'il va la trouver? demanda Fortin plein d'espoir.

– Bien sûr!

– Il y a tant de gens qui sont passés par là!

– Ce ne sera sûrement pas facile, mais il trouvera. Hein, Cassius? dit-il en flattant le chien.

Comme s'il était conscient de l'importance de sa tâche, le berger allemand allait, venait, flairait à droite, relevait la tête, repartait à gauche pour revenir sur ses pas. Par moments il se mettait à gémir, comme s'il lui était douloureux de ne pas trouver ce qu'il cherchait.

Kerriou lui remit le tee-shirt sous le nez et le chien repartit de plus belle.

– Cherche, mon chien, cherche!

La musique leur parvenait par bouffées, et le chien gémissait, tirait sur sa laisse, s'arrêtait, repartait.

– Cherche! Cassius, cherche!

Kerriou n'arrêtait pas d'encourager l'animal :

– Allez mon beau Cassius. Allez! Allez!

Cassius parut enfin avoir trouvé une bonne piste. Il se mit à tirer plus fort en gémissant, entraînant les deux hommes à travers le campement et, quand Paulo aperçut la moto du Coyote luisant sous la lune, il sut qu'ils touchaient au but. Il s'arrêta net si bien que Fortin vint le heurter de plein fouet.

– Qu'est-ce qui se passe?

Il avait chuchoté :

– On y est?

– Tu vois quelque chose?

– La moto. Le chien nous y a menés tout droit. Souviens-toi, Mary nous a dit avoir été attaquée par des motards, or la piste nous mène droit où? Sur les motos.

– Une moto, corrigea Fortin. D'après Mary, ils étaient une demi-douzaine. Où sont passées les autres?

Kerriou haussa les épaules en signe d'ignorance.

– Tout de même, dit-il, si Cassius est arrivé tout droit ici, ce n'est pas pour rien. Mary y est sûrement venue.

– C'est peut-être une piste qui date d'hier? dit Fortin.

– Sûrement pas! Avec tous ceux qui ont piétiné l'herbe depuis, le chien ne s'y serait jamais retrouvé. Elle est passée là il n'y a pas longtemps!

– Qu'est-ce qu'on fait?

– On va voir!

Ils s'approchèrent aussi silencieusement que des indiens sur le sentier de la guerre.

– Il n'y a personne, souffla Fortin.

Kerriou lui posa la main sur le poignet et, montrant le chien qui haletait silencieusement, il hocha la tête :

– Si.

– Mary? demanda Fortin.

À nouveau Kerriou eut une mimique dubitative :

– Je ne sais pas.

Il mit un doigt sur ses lèvres, geste que tous les enfants connaissent depuis leur plus jeune âge :

– Chut!

Le camp semblait absolument désert. Tout le monde était au concert qu'on entendait malgré la barrière d'arbres.

Puis ils entendirent bouger dans une tente. Il y eut le claquement métallique d'une boîte de bière qu'on ouvre, un silence - le type devait boire - puis un rot sonore.

– C'est pas Mary, dit Fortin.

Il entrebâilla l'ouverture de la canadienne d'où était venue cette superbe éructation et braqua sa torche électrique.

Le Coyote ébloui se protégea le visage du bras en grognant :

– C'que c'est qu'ce bordel ? Arrête de faire le con, Dédé !

– Oh, mais on se connaît, dit Fortin. Sors un peu de là, toi !

– Fais pas ch..er ! dit le Coyote.

Fortin furieux l'empoigna par la cheville et l'autre se mit aussitôt à gueuler :

– Oh là là ! ma patte ! Je suis blessé, merde ! Ma patte !

Fortin le lâcha :

– Sors tout seul, si tu préfères, mais fais vite ! J'ai pas de temps à perdre !

Le Coyote se mit à quatre pattes et sortit en geignant :

– Mais qu'est-ce que c'est qu'ce bordel ?

Il regardait Fortin et Kerriou avec méfiance :

– D'abord, qui vous êtes, vous ?

Fortin le prit au col et se mit à le secouer :

– Te goure pas, corniaud, ici c'est moi qui pose les questions. Et tu as intérêt à y répondre vite fait ! Où est Mary Lester ?

– Qui ça ? fit le Coyote ahuri.

– Ah, joue pas au con ! gronda Fortin. La fille qui est venue ici tout à l'heure, où est elle ?

– Quelle fille ?

Le poing de Fortin se leva pour la livraison immédiate d'une patate grand modèle mais Kerriou l'arrêta :

– Laisse donc, tu vas l'abîmer, et après qui c'est qui sera emmerdé ? C'est nous ! Cassius va l'interroger. Tu vas voir comme il peut être persuasif, Cassius.

Il caressa le chien sous les yeux effarés du Coyote.

– Un Coyote contre un berger allemand, ça risque d'être drôle !

– Eh là, eh là ! dit le Coyote ça ne va pas ? Vous n'avez pas le droit !

– Pas le droit de quoi ? demanda Kerriou aimablement. Je te pose des questions et tu y réponds. C'est tout simple.

– Mais je comprends rien, moi, dit le Coyote. Qu'est-ce que je peux répondre ?

– La vérité tout simplement. D'abord, pourquoi n'es-tu pas au concert ? Tu es venu là pour ça, non ?

– Je suis blessé ! Je ne peux pas marcher.

– Et comment t'es-tu blessé, mon pauvre gars ?

– En sautant le talus, une entorse…

Pendant ce temps Fortin examinait la moto. Il revint à la tente :

– Ça ne serait pas plutôt une chute de moto ? demanda-t-il. Ton carénage est tout écorché. Mais ce n'est peut-être pas ta moto ?

– Si, mais ça ne date pas d'hier, dit le Coyote.

Fortin examina de nouveau la moto, une Kawasaki quatre cylindres.

– Ça vient d'arriver, affirma-t-il.

Kerriou se pencha sur les santiags du loubard :

– Et ça, dit-il en montrant les éraflures sur le cuir, c'est le talus aussi ?

– Vous me faites chier ! dit le loubard haineusement.

– C'est qu'il n'est même pas poli ! dit Kerriou avec une fausse bonhomie.

À ses pieds le chien-loup, oreilles dressées, suivait la conversation comme s'il comprenait le langage des hommes. Ses longs crocs acérés luisaient sous la lune et ses yeux intelligents allaient du loubard à Kerriou au fil des répliques.

– Maintenant ça suffit, gronda Kerriou.

Tout soudain, il n'avait plus rien de débonnaire.

– Je vais te dire quand tu t'es fait cette entorse, connard : c'est cet après-midi, en essayant d'envoyer une moto au fossé.

Il martela d'un index épais sa puissante poitrine :

– Ma moto, dit-il la bouche en biais.

Et Fortin ajouta, le regard féroce :

– Montée par ma copine. Alors, où est ma copine ?

Le Coyote paniquait, ça se voyait dans son regard qui allait de Fortin à Kerriou, de Kerriou au chien.

– Mais je ne la connais pas, moi, votre copine !

Sa voix s'était faite aiguë.

– Oh là, deux tons plus bas, dit Kerriou, tu vas troubler le concert si tu continues. On ne te demande pas de gueuler, juste de nous dire où est Mary Lester !

– J'en sais rien !

Kerriou lâcha la laisse et commanda :

– Attaque, Cassius !

Le chien bondit à la gorge du Coyote qui tenta de se protéger de ses bras tendus devant lui. Mais sa jambe blessée le trahit et il s'écroula sur le dos. Le chien s'installa sur son ventre, la truffe sous le menton du Coyote. Un grondement inquiétant sourdait de sa gueule ouverte et sa queue battait ses flancs en cadence. Il n'attendait plus qu'un ordre de son maître pour égorger proprement le loubard.

– Vous êtes fous ! balbutia le Coyote épouvanté, il aurait pu m'égorger.

– Oh, mais, dit Kerriou aimablement, il le fera sûrement si je lui en donne l'ordre.

Il flatta l'animal de la main :

– Ce chien ne sait rien me refuser. Tu as intérêt à me répondre vite fait : où est Mary Lester ?

– À Brest, bredouilla le Coyote vaincu.

– Tiens, tu vois qu'on y arrive ! dit Kerriou à Fortin.

Il revint au loubard :

– Où ça à Brest ?

– À... À la planque. Dites donc, vous ne pourriez pas retenir votre chien ?

– Mais je le retiens, dit Kerriou, sans ça tu serais déjà mort !

– Alors, enlevez-le ! Je ne peux pas parler comme ça.

– Ah, tu es décidé à parler ! À la bonne heure !

Il reprit la laisse en mains :

– Au pied, Cassius.

Le chien obéit à regret et vint s'asseoir près de son maître, sans pour autant quitter Coyote des yeux. Le loubard s'assit dans l'herbe et se passa la main sur le visage. Il venait de passer des moments éprouvants.

– Alors, où ça à Brest ? redemanda Kerriou.

– On a une planque au port de commerce.

– L'adresse ?

– Il n'y en a pas.

– Tu veux que je relâche le chien ?

Le loubard eut un regard inquiet en direction du berger allemand.

– Je vous jure, il n'y a pas d'adresse. C'est dans un souterrain qui servait d'abri pendant la guerre. Ça avait été muré, mais on a repercé l'entrée.

– Qui est-ce qui a eu l'idée d'emmener Mary Lester là-bas ?

– C'est Franky.

– Qui c'est celui-là ?

Kerriou regardait Fortin interrogativement. La mine du lieutenant lui indiqua qu'il n'en savait rien.

– C'est votre chef ?

– Oui.

– Son nom de famille ?

– Péroné.

– Et qu'est-ce qu'il fait dans le civil ce Franky Péroné ?

– Il travaille dans l'informatique. Enfin, il travaillait, il a perdu son boulot voici un an, maintenant il est au chôm'du.

– C'est lui qui a monté cette expédition ?

Le loubard baissa la tête :

– Oui.

– C'est vous qui deviez enlever Pierre Perret ?

– Ça ne va pas ? protesta le Coyote indigné. Enlever Perret ? Vous êtes malades ou quoi ? À part des tonnes d'emmerdes, qu'est-ce que ça nous rapporterait ?

Fortin et Kerriou se regardèrent, perplexes. Le loubard avait l'air sincère. Il ne devait pas être au courant du dessous des cartes.

– Alors, qu'est-ce que vous êtes venus foutre ici ?

– Tirer la caisse.

– Tu veux dire…

– La caisse des entrées, oui. Ça fait un joli paquet de pognon ces milliers de types qui payent leur entrée en espèces.

– Et vous l'avez fait ?

– Ouais !

Cette fois il y avait une sorte de fierté dans la voix du Coyote. Ils avaient accompli un exploit et personne encore ne s'en était rendu compte.

– Et le fric ?

– Parti.

– Où ça ?

– À Brest.

– Avec Mary Lester ?

– Oui.

– Et qu'est-ce que tu es resté foutre là, toi ?

– Garder le camp. Avec ma patte j'aurais eu du mal à rouler.

– Et quand devais-tu les rejoindre ?

– C'est eux qui doivent revenir ici.

Kerriou siffla entre ses dents. Drôlement trapu le plan du dénommé Franky ! Avec leurs motos rapides ils revenaient avant même que l'alerte ne soit donnée. Quel meilleur alibi pouvaient-ils avoir ?

Il regarda le Coyote et dit avec un rire mauvais :

– Tu es vraiment plus bête que je le croyais mon pauvre Coyote ! Ainsi tu t'imagines qu'ils vont revenir ?

Le Coyote sentit une sueur glacée lui mouiller la peau. Que voulait-il dire, ce salopard de flic?

Fortin en rajouta :

– T'es pas un Coyote, t'es un pigeon! Ah dis donc Paulo, un pigeon de cette envergure, il y a un moment que je n'en ai pas vu!

Le corps du loubard se crispa tout entier et il gueula en serrant les poings :

– Ils vont revenir!

– Tu parles!

Il regarda sa montre :

– À l'heure qu'il est mon gars, ils sont en train de se partager le pognon bien tranquillement. Tu sais ce que c'est, un de moins dans le partage, ça grossit la part de gâteau pour les autres.

Il montra le matériel :

– Remarque, tu pourras toujours revendre le matériel.

Il laissa passer un temps de silence et ajouta :

– … Quand tu seras sorti de taule. Parce que, crois-moi, on va te garder un moment en taule.

Il se mit à énumérer :

– Vol à main armée…

– Avec préméditation, ajouta Fortin.

– Tentative de meurtre sur la personne d'un officier de police…

– Avec association de malfaiteurs, ajouta de nouveau Fortin.

– Tu es mal barré, dit Kerriou. Si on ne retrouve pas les autres, tu vas porter le chapeau pour toute la famille.

– Ils vont revenir, je vous dis! s'obstina le Coyote.

Kerriou regarda Fortin d'un air navré :

– J'ai déjà vu des naïfs, mais à ce point-là, jamais !

– Je ne pensais même pas que ça existait ! ajouta Fortin.

Il s'approcha du Coyote :

– File-moi les clés de ta bécane !

– Mais pourquoi ?

– Envie de faire un tour.

Le grand lieutenant se rendait compte tout soudain que Mary, « sa » Mary, était entre les mains de ces crapules et rien qu'à cette idée une rage meurtrière l'envahissait.

Il monta sur la moto qui démarra à la première sollicitation.

– Attends-moi, dit-il à Kerriou. Je vais prendre ma bagnole et je reviens. Surveille bien monsieur, il faut qu'il nous conduise à Brest.

– O.K., dit Kerriou laconique.

Et il s'assit dans l'herbe pour attendre.

CHAPITRE XXI

Une dizaine de minutes plus tard, des phares trouèrent la nuit et le break Renault de Fortin apparut. Paul Kerriou se leva et ordonna au Coyote en ouvrant la portière avant :

– Allez, monte!

Lui-même s'en fut s'asseoir à l'arrière du véhicule, son chien près de lui.

– Et ma moto? demanda le Coyote. Qu'est-ce que vous avez fait de ma moto?

– T'inquiète, dit Fortin, quand tu sortiras de taule elle sera tellement démodée que tu auras honte de monter dessus.

Le loubard se renfrogna et s'enfonça dans son siège. Le chien s'était assis derrière lui et sa tête reposait sur le haut du siège, au ras des oreilles du Coyote qui devait sentir son haleine.

La route était déserte. Il n'en serait pas de même à la fin du concert mais pour le moment, ça roulait bien et Fortin, tout à sa hâte de retrouver Mary Lester, sollicitait la mécanique au maximum.

Ils croisèrent un groupe de motos qui roulait à toute allure. À peine le temps de les voir que leurs feux étaient déjà perdus dans le lointain.

Le Coyote se retourna :

– Mais…

– Ce sont tes potes ? demanda Kerriou.

– J'ai pas eu le temps de voir. Ils étaient combien ?

– Cinq, je crois.

– Ce sont eux, jubila-t-il. Je savais bien qu'ils reviendraient.

– Si tu crois que ça arrange tes affaires…, laissa tomber Kerriou.

Mais le fait d'avoir vu ses copains passer avait redonné du courage au Coyote. Franky ne l'avait pas lâché. Il eut soudain honte d'avoir prêté l'oreille aux insinuations de ces salauds de flics. S'ils croyaient que lui, Coyote, allait les mener à la cache, ils pouvaient se brosser ! D'ailleurs, qu'est-ce qu'il avait dit, Franky, en emportant la gonzesse, que c'était une garantie. Ils allaient l'échanger contre lui, comme dans les films à la télé. Et puis il aurait sa part, et puis…

Paul Kerriou se chargea de tempérer son optimisme :

– Gamberge pas trop, mon gars, ils sont cuits ! On les a à notre main, on les cueille quand on veut.

Et Fortin demanda :

– Tu es toujours bien décidé à nous conduire là où Mary est détenue ?

– J'sais plus trop bien où c'est ! jeta le Coyote, avec un air de défi qui ne plut pas du tout à Paul Kerriou.

– Eh bien, tu as intérêt à faire un effort de mémoire, dit le maître-chien, parce que Cassius, lui, il n'est pas fatigué de poser des questions.

En entendant son nom, le berger gronda à l'oreille du Coyote qui se ramassa un peu plus sur sa banquette.

Ils passèrent sur le nouveau pont suspendu par ses arches centrales au dessus de l'Élorn et virent, de l'autre côté de l'eau, la grande ville de Brest s'étendant au long de sa rade, luisante sous la lune, bordée par les lampadaires de ses quais.

– Tu as bien dit port de commerce ? demanda Fortin. Nous y voilà. Alors maintenant, il faudrait préciser.

Ils longeaient de vastes entrepôts près desquels de gigantesques grues montaient la garde. Puis ils roulèrent au long de quais déserts où seuls quelques bistrots étaient encore ouverts. Le Coyote ne pipait mot.

Fortin arrêta le break derrière une énorme citerne posée sur des rails.

– Bon, maintenant que tu as fait ton baroud d'honneur, tu nous indiques où est votre fameuse cache. De toutes façons, tu nous le diras. Si c'est après l'interrogatoire de Cassius, il te manquera peut-être quelques morceaux de bidoche de-ci de-là. À toi de voir…

Le chien se mit à grogner de plus belle et le Coyote vaincu les mit sur la voie. La voiture s'arrêta bientôt dans une petite rue.

– C'est là…

– Là, dit Paul Kerriou, mais il n'y a rien !

On était dans un ancien quartier de Brest où quelques maisons avaient échappé par miracle aux bombardements de la dernière guerre. L'une d'elles portait sur son fronton la mention « Chambre de

Commerce ». La chambre de commerce, à cette époque heureuse point encore gagnée par la profusion paperassière, se contentait de cet immeuble de deux étages où l'on pouvait loger trois dactylos et deux chefs de service.

Ils pénétrèrent ensuite dans une sorte d'impasse longeant une maison à l'abandon et le Coyote poussa une plaque de tôle rouillée qui grinça dans la nuit. Un rat s'enfuit entre les gravats, faisant frémir le chien, et une cavité apparut dans la falaise. Haute de deux mètres, à peu près de cette largeur, elle s'enfonçait dans le roc.

Kerriou et Fortin se regardèrent perplexes et Cassius se mit à tirer sur sa laisse.

– Qu'est-ce qu'il a ton chien ? demanda Fortin.

– On dirait que ta copine est par là, dit Kerriou. Mais dis donc, ça sent furieusement l'embuscade cet endroit. Tu ne crois pas qu'on devrait demander du renfort ?

– À qui ? s'exclama Fortin. On n'est même pas en mission, on devrait être à Carhaix… Tu te vois expliquer ça aux flics de Brest ?

Et comme Kerriou ne répondait pas, il ajouta :

– Ça prendrait des heures, et Mary est en danger.

– Tu as raison, dit Kerriou, allons-y !

Ils allumèrent les lampes torches et, poussant le Coyote devant eux, s'enfoncèrent dans le boyau.

☆

Mary s'était installée du plus confortablement qu'elle pouvait sur les sacs de billets. Depuis qu'elle avait crié, les rats se tenaient à distance mais elle sentait toujours leur présence, entendait des frôlements et apercevait parfois leurs méchants petits yeux rouges dans les ténèbres du souterrain.

Elle repensait amèrement aux débuts de l'enquête, à la lecture du fameux bouquin sous la glycine et de la réflexion qu'elle s'était faite : « Ah quelle belle vie que la vie de flic! »

Ah oui, pour une belle vie, c'était une belle vie!

Ça pourrait même mener à une belle mort. Une belle mort? dans un souterrain, entourée de rats qui n'attendaient qu'un moment de somnolence pour venir lui boulotter les doigts de pieds? Merci!

Elle sentait l'angoisse revenir par grosses bouffées incoercibles. Et elle résistait. Elle s'efforçait de résister mais elle était si lasse! Ses poignets la brûlaient. Elle avait tant gesticulé pour se défaire de ses liens que, sous les cordes, il ne devait plus y avoir de peau.

Quand allaient-ils revenir ces salauds? Ah, il avait bien calculé son coup, Franky! Il n'était pas comme son père, il avait oublié d'être bête, lui! Planquer le fric et s'en retourner sur un site où cent mille personnes faisaient la fête. Comment aurait-on pu les soupçonner?

Et après? Il n'y avait qu'un témoin, elle, Mary Lester. Qu'allait-elle devenir dans ce sinistre scénario? Elle ne le voyait que trop! Franky Péroné l'éliminerait sans pitié.

Elle se remit à pleurer, le temps ne passait pas. Elle avait l'impression d'être enterrée vivante. Un silence aussi absolu, comment était-ce possible? Elle s'entendait vivre, elle entendait son cœur sonner à coups sourds, son sang couler dans ses veines et, dès qu'elle bougeait la tête, ses vertèbres grincer.

Et puis il y avait les rats... Des trottinements menus, des couinements... le bruit de leurs griffes sur des papiers... Ils guettaient leur proie. Leurs yeux rouges devaient voir parfaitement dans le noir. Combien étaient-ils ? Elle préférait ne pas y penser.

La goutte tombait toujours régulièrement de la voûte. Tic... Tic... Tic... découpant le temps avec une régularité d'horloge. Tic... Tic... Tic...

Elle avait la gorge sèche comme de l'amadou mais elle avait renoncé à boire cette eau. Était-elle potable seulement ? Ne sourdait-elle pas d'un égout de la ville ?

Pourtant elle fit en sorte que cette goutte lui tombe sur le visage. Ainsi ça la rafraîchissait et ça lui évitait de s'endormir. Tic... Tic... Tic... Malgré tout, elle s'endormait. Il ne fallait pas... Tic... Tic... Tic...

Elle tressaillit : une galopade de rats... Montaient-ils à l'assaut d'une proie qu'ils devinaient à point ?

Non, c'était une fuite. Pourquoi fuyaient-ils soudain ?

Elle entendit une pierre rouler, puis des voix. On venait ! Qui est-ce qui venait ? Qu'importe ! Même Franky et ses voyous auraient été les bienvenus, qu'importe ! Oh ! échapper à cette solitude, à ce silence, à ces ténèbres de tombeau.

Elle voulut hurler, mais sa gorge sèche ne laissa échapper qu'un couinement dérisoire. Un fol espoir faisait battre son cœur violemment ; il lui semblait qu'il se cognait aux parois de sa cage thoracique.

Puis il y eut la faible lueur d'une lampe dansant contre les murailles de roc. Ceux qui venaient avançaient précautionneusement. Elle entendit une voix :

– C'est encore loin ?

Jipi ! Elle avait immédiatement reconnu le timbre de son coéquipier. Elle voulut l'appeler : « Jipi », mais son cri d'allégresse se termina en un lugubre croassement.

Elle était si heureuse qu'elle pensa défaillir.

– C'est là, dit une voix qu'elle ne reconnut pas.

Les lampes étaient maintenant si proches qu'elle en fut éblouie. Elle ferma les yeux et entendit le rugissement de joie de Fortin :

– MARY !

Il se précipita, lui souleva la tête :

– Ça va ?

Elle ferma les yeux, hocha la tête et dit dans un souffle :

– Oui…

Il coupa les liens qui tenaient ses mains et ses chevilles, regarda les plaies et gronda :

– Les salauds !

Kerriou la prit sous les bras, l'aida à se lever :

– Rien de cassé ?

– Je ne crois pas, dit-elle faiblement. Puis elle fondit en larmes.

Devant elle, les deux grands gaillards se tenaient tout gauches. Elle s'effondra sur la poitrine de Fortin, secouée par une vague de sanglots qui montaient du plus profond de son être.

– Oh, Jipi, si tu savais comme je suis contente de te voir !

Il lui tapotait gentiment le dos :

– Ça va aller, Mary, ça va aller!

Progressivement, elle se calma et eut une réflexion bien féminine :

– Je dois en avoir une tête!

Paulo la réconforta :

– Mais non, tu es magnifique!

Et il était sincère.

Maintenant que les puissantes lampes torches éclairaient les lieux, on voyait qu'on se trouvait dans un élargissement de la galerie où une sorte de campement avait été établi. Contre les parois du souterrain s'entassaient des empilements de cartons, de caisses diverses. Il y avait aussi quatre lits de camp, une table avec des chaises, de la boisson. Dans une cantine métallique, ils découvrirent des provisions.

– Ben dis donc, fit Kerriou admiratif, c'est un vrai PC clandestin! Il y a de quoi soutenir un siège!

– Regarde s'il y a de l'eau, Paulo, demanda Mary.

Il lui tendit une bouteille trouvée dans les provisions et elle but à longs traits.

– Oh que ça fait du bien, dit elle en reposant la bouteille, j'avais la gorge aussi sèche que si j'avais traversé le Sahara à pied. Où sommes-nous?

– Au siège de la bande à Franky, dit Paulo.

Il se leva soudain, inquiet, et balaya la surface du faisceau de sa lampe :

– Nom de Dieu! Le Coyote!

– Eh bien?

– Il s'est barré, le salaud!

Il appela :

– Coyote! Coyote! reviens tout de suite!

– Tu parles, dit Fortin, il a eu le temps de faire de la route!

– Salaud! gronda Kerriou. Il n'a pas pu aller loin avec sa patte folle.

Il détacha la laisse de son chien et ordonna :

– Cherche apporte, Cassius!

Le chien-loup bondit dans le noir. Mary s'inquiéta :

– Il ne va pas l'abîmer, j'espère.

– T'en fais pas pour lui, dit Kerriou, j'ai dit « cherche apporte ». Il va nous le ramener intact.

Il se tourna vers Mary :

– Mais dis donc, tu as l'air d'y tenir, à cette crapule.

– Sans cette crapule, comme vous dites, vous ne m'auriez jamais trouvée, les gars, et moi je serais encore en train de crever de trouille dans le noir, sur mes sacs de biffetons.

– C'est vrai, dit Fortin. Sur quoi butent les plans les mieux élaborés, tout de même! Si le Coyote était venu avec les autres, nous aurions trouvé le campement vide et peut-être que nous n'aurions jamais su ce qu'était devenue la célèbre Mary Lester.

Il continuait à fouiller les caisses, les cantines.

– Qu'est-ce qu'il y a là-dedans? demanda Mary.

– Des télés, des magnétoscopes, de l'électroménager... Probablement le produit de leurs rapines.

Il siffla entre ses dents :

– Regardez ça!

Il venait de découvrir l'armurerie de la bande : une cantine en acier fermée par une barre de fer.

– De quoi équiper une armée! dit Kerriou.

Fortin sortit successivement quatre riot-guns à crosse sciée, des pistolets automatiques, un pistolet-mitrailleur Uzi d'un modèle récent, des grenades à manche de la dernière guerre de fabrication allemande et des dizaines de boîtes de cartouches.

– Dis donc, on a touché le gros lot, dit Kerriou.

Du fond de la galerie on entendait des gémissements :

– Tiens, Cassius a trouvé son gibier.

Les lampes éclairèrent un Coyote à la mine défaite qui revenait piteusement en traînant la patte, le chien sur les talons.

– Eh bien, où espérais-tu aller ainsi, mon garçon ? demanda Kerriou.

Le Coyote ne répondit pas.

– On verra ça plus tard, dit Fortin. Allez, on ramène le butin.

Mary n'eut pas trop de mal à marcher jusqu'à l'air libre. Le Coyote boitait bas et les deux flics s'étaient chargés chacun de deux sacs postaux qu'ils déposèrent dans le coffre du break.

Le Coyote fut installé à l'arrière sous la surveillance vigilante du berger allemand. Visiblement, il avait abandonné toute velléité de fuite et il paraissait d'humeur morose.

Mary resta un moment debout près de la voiture, humant avec délices l'air pur du dehors, qu'elle avait craint de ne jamais revoir.

Fortin et Kerriou firent un autre voyage pour ramener la cantine d'armes qui paraissait peser bien lourd.

Ils la posèrent avec un soupir de soulagement dans le coffre du break qui s'écrasa sous la charge.

– Putain, ça fait son poids, hein ? dit Fortin en frottant ses mains l'une contre l'autre.

– Tu l'as dit, approuva Kerriou en s'asseyant dans la voiture.

– Qu'est-ce qu'on fait maintenant ? demanda Fortin en se mettant au volant.

– On retourne à Carhaix, tiens ! dit Kerriou.

– Un moment, dit Mary. Tu as ton téléphone, Jean-Pierre ?

– Ouais.

– Je m'étonne que ce bon commissaire Fabien ne se soit pas manifesté.

– Merde ! dit Fortin en regardant son portable. J'ai dû appuyer sur la touche « arrêt » par inadvertance.

Il remit le contact et jura de nouveau :

– Putain ! Il y a des messages !

– Donne-moi ça, dit Mary.

Elle appela la messagerie et dit après avoir écouté :

– C'est pas ta femme ! C'est le patron.

– Je m'en serais douté, se lamenta Fortin.

– Il n'est pas content. Il se demande ce qu'on fabrique.

Fortin secoua la main dans le vide, un geste qui en disait long. Mary forma un numéro.

– Tu l'appelles ? demanda-t-il.

– Faut bien !

Elle lui tendit l'appareil :

– À moins que tu n'aimes mieux le faire toi-même ?

Fortin fit précipitamment un geste de dénégation de la main.

– Toujours pour moi les corvées, hein, dit Mary en appuyant sur la touche « appel ».

Et elle ajouta :

– Inch Allah !

CHAPITRE XXII

– Allô, patron?

Elle écarta l'écouteur de son oreille, le présenta à Fortin et à Kerriou en secouant la main :

– Force dix, dit-elle, et avis de tempête.

Elle remit l'écouteur à son oreille :

– Qu'est-ce que vous dites? rugit le commissaire.

– J'entend rien, patron, vous parlez trop fort!

– Ah je parle trop fort, je parle trop fort…

Il s'étranglait d'indignation :

– C'est… C'est trop fort, Lester.

– C'est ce que je vous dis, patron, fit-elle d'une voix calme.

– Vous me dites quoi?

– Je vous dis que c'est trop fort! Je ne comprends rien!

– Moi non plus je ne comprends rien! Qu'est-ce que c'est que ce dialogue à la Raymond Devos? Où êtes-vous? Où est Fortin?

– J'adore Raymond Devos, dit-elle avec conviction.

– Moi aussi, rugit Fabien mais qu'est-ce que ça vient foutre dans notre affaire?

– Je vous réponds! Vous me parlez de Raymond

Devos, je vous dis que je l'adore, ensuite vous me demandez où je suis, je vous réponds à Brest, et puis vous me demandez où est Fortin. Il est là, près de moi... Je réponds à vos questions dans l'ordre.

– Mais qu'est-ce que vous foutez à Brest ? Vous ne savez pas ce qui s'est passé ici ? On a piqué la caisse ! Vous ne vous y attendiez pas à celle-là, hein ?

– Ah, pas du tout, patron, pas du tout ! Et on sait qui a fait le coup ?

– Comment voulez-vous qu'on le sache ? Cent mille personnes ! Vous voulez fouiller cent mille personnes, vous ?

Peu à peu il se calmait.

– Des types masqués qui ont surgi pendant que les comptables faisaient les liasses. Ils ont neutralisé les agents de sécurité et...

– Mais Perret est intact ?

– Oui, Perret est intact et Faudel a repris l'avion avec tous ses cheveux.

– Ben, c'est déjà ça, hein patron, parce que si on avait touché à Faudel, je ne vous dis pas le bordel ! Les bagnoles incendiées, les émeutes...

– Ah ça va, ça va ! Il y a tout de même quelques millions de francs partis dans la nature !

– Tant que ça ?

– Au moins.

– Au moins ? Ben dites donc, ça rapporte, la musique !

– Il n'y avait pas que la musique, il y avait aussi les saucisses grillées, les frites, la bière. Je passe pour quoi, moi, ici ?

– Écoutez, patron, on nous a fait venir pour empêcher l'enlèvement de Perret. Mission accomplie, non ?

– Mais le pseudo-enlèvement de Perret n'était qu'un leurre pour détourner notre attention. Ces types n'en voulaient qu'à la caisse, depuis le début! Ils n'ont jamais voulu autre chose! Enfin, conclut-il avec humeur, ramenez-vous ici en vitesse, et vous allez m'expliquer ce que vous faisiez à Brest pendant le hold-up.

– Je ne pense pas qu'il soit opportun que nous retournions à Carhaix maintenant, patron.

– De quoi? Pas opportun? Dites-moi, Lester, c'est qui le patron? C'est vous ou c'est moi?

À nouveau elle écarta l'écouteur de son oreille avec une grimace.

– Vous évidemment, monsieur, mais je vous assure qu'il vaudrait mieux que vous veniez à Brest.

– Qu'est-ce que j'irais foutre à Brest, nom de Dieu! Vous vous moquez de moi, Lester? Vous êtes tombée sur la tête ou quoi?

– Ça vous pouvez le dire, patron, fit-elle en tâtant sa bosse.

– Vous êtes folle! Je ne comprends rien à ce que vous racontez. Passez-moi Fortin!

– Il vient de sortir, patron. Blague à part, on a mis le doigt sur une très grosse affaire. Il faut absolument que vous veniez. Il faut aussi que vous préveniez votre collègue de Brest. Nous sommes au port de commerce, au niveau de l'ancien bâtiment de la chambre de commerce. Pas de sirènes, pas de gyrophares, une douzaine d'hommes si possible. Pour le moment, on ne peut pas quitter les lieux. Venez vite, on vous attend!

Elle coupa le contact avant d'être de nouveau en prise directe avec l'indignation du commissaire Fabien.

Franky et ses hommes arrivèrent sans encombre dans le camp désert. Tellement désert que même le Coyote n'y était plus.

– Où est-il parti ce connard ? demanda Franky.

Personne ne pouvait lui répondre.

– Sa moto n'est plus là, dit Dédé.

– Il sera parti chercher de la bière, dit un autre larron.

– À moto ? s'étonna Franky.

– Ben, avec sa patte folle il avait du mal à marcher.

Un silence passa. Le front bas, Franck Trébuchet réfléchissait. Avec ce minus on ne savait jamais sur quel pied danser. Il se pouvait très bien qu'il soit allé chercher un pack de bière quelque part. C'était un type qui ne vivait bien qu'avec une canette à la main.

– Qu'est-ce qu'on fait, Franky ?

Le chef hésita puis dit :

– On fait comme on a dit. Allons à la fête ! Il faut qu'on nous voie. Il faut qu'on aie l'impression que nous n'avons pas bougé de Kerampuil.

– Mais les moteurs des bécanes sont brûlants, dit un petit futé.

– D'ici que l'on vienne jusqu'à nous, ils auront le temps de refroidir. Allez, exécution !

Ils passèrent le talus et rejoignirent l'entrée. Comme ils avaient chacun leur billet pour la durée de la fête, ils se fondirent rapidement dans la foule.

Cependant, autour de la caisse centrale, ils remarquèrent deux voitures de gendarmerie. Le hold-up avait été signalé. Pour le moment, les gendarmes interrogeaient les comptables et Franky Péroné sourit en songeant aux cent mille suspects potentiels qui se trouvaient sur le site. Et au fric qui ne s'y trouvait plus, bien au chaud qu'il était à Brest dans un souterrain, sous les fesses de Mary Lester.

Faudrait qu'il s'en occupe de celle-là aussi. Il faudrait y réfléchir. Il avait monté une combine particulièrement juteuse à Brest et, s'il voulait continuer à l'exploiter, la fliquette devait disparaître. Sinon, c'était lui qui disparaissait. Au soleil, avec quatre gros sacs pleins à ras bord de billets de cent balles!

Ça valait le coup d'y penser.

Il s'était assis dans l'herbe tout en haut du champ, là où il n'y avait pas trop de monde, un verre de bière à la main. Le reste du gang s'était éparpillé sur le site pour tâcher de retrouver le Coyote.

Bien évidemment, c'est autour des bars qu'on le recherchait le plus activement.

Franky mâchonnait un brin d'herbe pensivement. Où pouvait-il être allé, ce crevard? Ah, il n'était pas aidé avec cette bande de bras cassés qui, ce soir encore, allaient rentrer ivres morts au campement.

Il avait un mauvais pressentiment : un de ces jours, l'alcool aidant, il y en aurait un qui parlerait trop. Un qui dévoilerait la cache, pour faire le malin. Et alors…

Franky n'osait pas penser aux conséquences. C'est sûr, ils tenaient une combine en or avec ce repaire où l'on pouvait entreposer toutes les marchandises que l'on voulait. Mais ça ne pourrait pas durer.

Skeduz s'époumonait sur la scène, dans une orgie de couleurs changeantes, de fumées savamment orientées. Dans le public, c'était du délire.

Et si…

Il se leva d'un bond, effrayé par la pensée qui venait de traverser son esprit.

Et si cet imbécile de Coyote avait fait la même analyse que lui ? Et si, pendant qu'ils étaient là en train de glander il était parti là-bas, au port de commerce ? Ne serait-il pas, en ce moment, en train de déménager les sacs de billets ? On l'avait trop pris pour un crétin, celui-là. En réalité il était peut-être plus malin que tous les autres.

Franky jeta son gobelet de bière encore à demi plein et se rua vers la sortie. Le temps de mettre son casque, ses gants, il filait vers Brest.

Sur la quatre-voies il doubla une Citroën Xantia qui faisait du sur place à cent soixante à l'heure. À ce moment, l'aiguille de son compteur flirtait avec les deux cent cinquante. Crispé au volant de la Xantia, le commissaire Fabien vit à peine passer cet espèce de missile qui trouait la nuit dans un fracas d'enfer. Déjà le feu rouge de la moto se perdait à l'horizon.

*

Sur les conseils de Mary, Fortin avait dissimulé le break Renault 20 dans une petite rue derrière l'ancienne chambre de commerce. Le Coyote, menotté à un appuie-tête, occupait le siège arrière sous la garde vigilante et incorruptible du berger allemand.

Fortin ayant mis la tôle de protection devant le souterrain s'était planqué à quelques mètres de cette entrée, caché par un mur à demi écroulé.

Paulo, lui, était carrément derrière la tôle, à l'entrée du souterrain, et Mary veillait à l'entrée de la rue, dans l'embrasure d'une maison vouée à la démolition.

Aucun d'eux n'étant armé, ils avaient puisé sans vergogne dans l'arsenal des voyous.

– Qu'est-ce qu'il fout, ce sacré commissaire, pestait Mary. Je serais mieux dans mon lit qu'ici!

Les événements qu'elle venait de vivre commençaient à lui peser. Elle avait encore un peu mal au crâne et, bien que Kerriou lui eût apporté quelques soins à l'aide de la trousse de secours découverte dans l'arsenal des voyous, là où les liens lui avaient scié la peau, ses poignets restaient douloureux.

Mais, comme on l'a vu, le commissaire ne roulait pas assez vite. Franky arriva un bon quart d'heure avant lui.

Le grondement de la moto avertit les flics à l'affût. Le voyou s'arrêta pile poil devant la tôle, examina les alentours avec méfiance avant de descendre. Il avait laissé le moteur tourner à l'extrême ralenti, la machine reposait sur sa béquille latérale. Le phare éclairait l'entrée du souterrain comme en plein jour.

Il descendit de son engin, empoigna la tôle et la déplaça. Devant lui se tenait un costaud tout en noir, un pistolet automatique à la main.

– Bonsoir, lui dit l'apparition d'une voix avenante.

Franky se figea, pétrifié. Sous le coup de la surprise, son cœur avait eu un raté.

– Les pattes en l'air, dit l'homme en noir.

Sa voix était toujours aimable. Franky fit un geste pour se retourner, enfourcher sa moto et s'enfuir, certain que l'homme n'oserait pas tirer. Mais dans son dos il y avait un autre homme en noir, plus colossal que le premier encore, qui le saisit au col avec une poigne de fer.

– On t'a dit les pattes en l'air...

Franky qui se trouvait pourtant rarement à court d'arguments ne pouvait plus dire un mot. Il réussit enfin à avaler sa salive :

– Faites pas les cons, les mecs...

Il montrait l'entrée de la caverne :

– Là-dedans il y a assez de pognon pour trois.

Le moteur de la moto s'arrêta, le phare s'éteignit et le groupe ne fut plus éclairé que par la lune.

– Je suis bien de ton avis, Franky.

Le voyou se retourna et sursauta en voyant Mary Lester.

– Trois, mais tu n'es pas comprise dans le lot. Pourquoi voudrais-tu qu'on partage avec toi ?

Elle avait les mains dans les poches mais, toute frêle qu'elle fût, on sentait que les deux hommes étaient à ses ordres.

– Tu es fort pour écrire des scénarios, Franky, alors tu vas apprécier le mien.

Elle laissa passer un temps de silence, et se mit à réciter, sur le ton de la lecture :

« Mary Lester enlevée par le gangster Franky Péroné parvient à se défaire de ses liens et tue son tortionnaire dans la cache souterraine où elle était séquestrée. Immédiatement prévenus par le lieutenant de la police de Quimper, les policiers du commissariat de Brest ont découvert, outre le cadavre du gangster, une véritable caverne d'Ali Baba regorgeant de marchandises volées dans des entrepôts de toute la région. Ils ont également mis la main sur un véritable arsenal qui aurait servi dans plusieurs affaires de hold-up non élucidées à ce jour. »

Qu'est-ce que tu dis de ça ? demanda-t-elle en sortant un automatique de sa poche. On ne parle pas du pognon, bien entendu. Trois parts c'est mieux que quatre, non ? Qu'est-ce que vous en dites, les gars, il paraît qu'il y a quelques millions là-dedans !

Le visage du gangster s'était couvert de sueur. Paulo, ne sachant si c'était du lard ou du cochon, regardait Fortin perplexe. Elle plaisantait ou quoi ?

Le grand lieutenant le rassura d'un clin d'œil explicite.

Franky, lui, était dans les affres. Il supplia, cherchant à se défaire de la pogne qui lui serrait toujours le col :

– Eh les mecs, vous n'allez pas la laisser faire. Elle n'a pas le droit…

À un mètre de sa tête, Mary brandissait un gros automatique à deux mains. Il vit son index se crisper sur la détente et il ferma les yeux en hurlant :

– Non !

« Clic » fit l'arme qui n'avait pas été approvisionnée en munitions.

– Ça, lui dit Mary, c'est pour les angoisses que j'aie eues dans ton souterrain. Quant au pognon, il va retourner là où tu l'as pris.

– Vous êtes vraiment des minables ! éructa le voyou qui reprenait des couleurs.

Le coup de pied aux fesses que Fortin lui allongea le fit décoller du sol et la mandale que Kerriou lui retourna claqua comme un coup de fouet dans la nuit paisible.

– Et celui-là, il est minable ? demanda le grand lieutenant.

– Vous n'avez pas le droit ! rugit Franky. Je proteste !

– Et toi, dit le grand lieutenant avec une fureur rentrée en le reprenant par le colback, tu avais le droit de la séquestrer ? Tu avais le droit de l'attacher ? Et tu l'aurais bien laissée crever, hein, mon salaud !

Ce disant, il secouait le voyou avec violence, si bien que sa tête brinquebalait de droite et de gauche.

On entendit le couinement de pneus sur l'asphalte encore tiède de la chaleur du jour. Une Xantia verte s'arrêta juste derrière la moto et le commissaire Fabien sortit :

– Eh bien, qu'est-ce qui se passe ici ?

Il regarda la moto, regarda Franky et lui demanda :

– C'est vous, jeune homme, qui m'avez doublé sur la route tout à l'heure ?

Le voyou haussa les épaules :

– Ça se peut !

– À combien rouliez-vous ?

– Deux cent cinquante compteur, ce qui doit faire dans les deux cent quarante chrono.

– Deux cent cinquante ? fit Fabien stupéfait, sur route ? Mais vous êtes inconscient !

Le voyou se permit de rire et dit en se tournant vers Fortin :

– Eh, où il va le papy ! Il veut peut-être me filer une contredanse pour excès de vitesse ?

Fortin, qui lui avait laissé quelques instants de répit, se remit à le secouer :

– Tâche un peu d'être poli, espèce de crapule. Tu parles à monsieur Fabien. Le commissaire divisionnaire Fabien.

– Ah ! vous êtes commissaire, dit Franky, eh bien monsieur, sachez que je tiens à protester ! J'ai été molesté par ces deux brutes.

– Tu ne manques pas d'air, toi, gronda Fortin. Molester ! je t'en foutrais, moi, des « molester ».

– Ils m'ont frappé, monsieur...

– Mais qu'est-ce que c'est que ce gugusse ? demanda le commissaire.

Mary intervint :

– Permettez-moi de vous présenter Franck Péroné, patron. Je crois que vous le connaissez mieux sous son nom de plume : Marcel Prost ! L'auteur du best-seller de l'été. Accessoirement monsieur est aussi le chef d'une redoutable bande de dévoyés, auteurs entre autres exactions du pillage de la caisse du Festival des Vieilles Charrues.

– C'est lui Marcel Prost ?

– Il semble...

– Vous avez retrouvé le magot ?

– Mais oui, patron, il est dans la voiture de Fortin, dans une petite rue, derrière.

– Qui le garde ? demanda Fabien affolé. Vous comprenez, on parle de plusieurs millions de francs...

– Le plus incorruptible des cerbères. Il s'appelle Cassius, il ne parle pas beaucoup mais question efficacité, il n'a pas son pareil.

– Ah, fit Fabien qui se demandait ce que tout cela cachait. C'est un de vos collègues ? demanda-t-il à Kerriou.

– C'est mon chien, monsieur le commissaire. Accessoirement il garde aussi une caisse de munitions, quelques grenades, des fusils, des pistolets-mitrailleurs.

Fabien regarda Fortin, incrédule :

– Tout ça c'est dans votre voiture ?

– Eh oui, patron. Avec un autre membre de la bande.

– Ben ça !

Il y eut un temps de silence comme si le commissaire mettait un temps à assimiler ce qui venait d'être dit. Puis il explosa :

– Et vous laissez ça à la garde d'un chien ? Ma parole, vous êtes totalement irresponsables !

Mary eut un petit rire las :

– Essayez donc d'aller les lui prendre !

Le regard du commissaire révélait son désarroi. Enfin, il haussa les épaule, vaincu :

– Je suppose que vous avez vos raisons, comme d'habitude, soupira-t-il.

Un bruit de moteur, des lueurs de phares les firent se retourner.

Une voiture banalisée vint s'arrêter derrière la Citroën du commissaire, suivie d'un fourgon de police.

– Qu'est-ce qui se passe ici ?

Même si on la posait la nuit, c'était la question du jour. L'homme qui venait de parler s'avança, suivi de ses flics : deux en civil, huit en uniforme.

Fabien lui tendit la main :

– Salut, Martin.

– Salut, Fabien. Alors, tu viens chasser sur mes terres ?

– Hé, dit Fabien, je t'ai prévenu, non? Je suis bien content que tu sois là, d'ailleurs. Figure-toi que le lieutenant Lester, en enquêtant sur une sombre histoire de rapt à Carhaix, a mis le doigt sur une affaire qui a ses ramifications ici.

– Ici?

– Ici même, au port de commerce.

– Tu plaisantes!

Mary s'approcha :

– Bonsoir monsieur. Lieutenant Lester.

Le commissaire Martin la regardait, méfiant. Il ne lui tendit pas la main.

– Si vous vous aventurez dans cette galerie, dit-elle, vous trouverez un stock de marchandises dont vous n'avez pas idée.

– Là-dedans?

– Oui, là-dedans. Nous avons sorti le plus dangereux, une caisse contenant des armes et des munitions, que nous allons vous remettre sur-le-champ; pour le reste, il faudra quelques camions pour enlever le stock.

Martin montra Franky de la tête :

– Et celui-là, qui c'est?

– Franck Péroné. Je vous le confie. Vous pouvez le mettre au frais.

– Sous quels mobiles?

– Vol à main armée, association de malfaiteurs, enlèvement et séquestration, menaces de mort, détention d'armes de guerre... Ça devrait suffire pour commencer. Vous aurez mon rapport lundi. Ah, il y a également un de ses hommes dans la voiture de Fortin, vous pouvez l'embarquer en même temps et sous les mêmes motifs. Le reste de la bande on devrait l'emballer demain, mais si je peux me permettre, je pense qu'il vaudrait mieux établir une souricière ici, d'autres types du gang risquent de venir s'y jeter.

Le regard affolé du commissaire Martin allait de Mary Lester à Fabien, de Fabien à Franck Péroné, de Franck Péroné aux deux flics toujours en tenue de vigiles.

– Qui sont ces types ? finit-il par demander.

– Des hommes à moi, répondit Fabien pour simplifier.

Martin se tourna vers Mary :

– Et vous dites qu'il y a là-dedans…

Ce fut Fabien qui répondit, jovial :

– De quoi ouvrir un discount d'électro-ménager, oui mon vieux Martin.

Il buvait du petit lait devant l'embarras de son collègue.

– Je proteste ! dit Franky, je tiens à protester…

Martin regardait avec des yeux ahuris.

– Pourquoi proteste-t-il ?

– On ne sait pas, dit Fortin, il répète ça sans arrêt. Ça doit être un protestant.

– Ça se peut, dit Mary, en tout cas, moi je ne l'ai jamais trouvé très catholique. Mais il n'écrit pas mal. Et il fait de bonnes prédictions.

Elle fixa Franky Péroné qui la regardait haineusement :

– Tu te souviens, Franky, dans ton bouquin tu disais « et tout devra être consommé à l'aube du troisième jour ». Eh bien nous y sommes.

Elle regarda sa montre.

– Dans quelques heures le jour va se lever et tout

sera consommé. Pas comme tu l'espérais, mais ça sera consommé quand même. Je pense que désormais, tu vas avoir du temps pour écrire. En plus, tu as du pot, tu as déjà un éditeur!

Franck Péroné glapit :

– Je vous défends de me tutoyer!

– Pourquoi? demanda Mary. C'est toi qui as commencé. Et puis, on a presque gardé les rats ensemble.

Elle se retourna vers Fabien :

– On y va patron?

– Assurément, dit Fabien, assurément. Allez, salut Martin. On se voit lundi.

Il monta dans sa voiture. Le commissaire Martin en restait sans voix. Il devait se demander, comme se l'était demandé Fabien quelques heures avant: « pour qui je vais passer? »

Mary n'avait pas de réponse à cette question.

– Je peux monter avec vous, patron?

– Bien sûr, dit Fabien. À propos, où allons-nous?

– Mais à Carhaix, patron. Vous avez quelque chose à rendre au trésorier, non?

Elle s'effondra sur la banquette :

– Oh, que je suis fatiguée! Je dois avoir une tête épouvantable.

Elle baissa le pare-soleil de la Xantia, se regarda dans le miroir de courtoisie et poussa un cri d'horreur.

– Mon Dieu!

Elle avait un bel hématome au milieu du front, l'entour de ses yeux prenait des couleurs jaune verdâtre et son visage était maculé de traînées noires.

Pas étonnant que le commissaire Martin l'ait regardée d'un drôle d'air.

– Ensuite, patron, si vous le voulez bien, je rentrerai avec vous à Quimper.

– Mais votre voiture, votre tente…

Elle lui tendit ses clés :

– Fortin s'en occupera.

Ses poignets, ses chevilles la brûlaient toujours. Elle se mit à rêver à la quiétude de son appartement, à une baignoire pleine d'eau chaude et de mousse où elle se plongerait avec délices après avoir mis « Cosi fan tutte » en sourdine. Et puis à son lit, son lit où il ferait si bon s'étendre entre des draps frais…

Elle ne vit pas le départ de Brest, pas plus que l'escale à Carhaix. Elle ne se réveilla que lorsque le commissaire la secoua, devant sa porte, à Quimper.

La venelle s'ouvrait, paisible sous la lune.

– Ça ira, Mary?

Elle fit oui de la tête et ouvrit sa porte comme une somnambule. La glycine en était à sa deuxième floraison et les chèvrefeuilles qui tapissaient les vieux murs embaumaient. Une forme blanche vint se frotter contre ses chevilles. C'était le gros matou de la boulangerie voisine qui s'était pris d'affection pour elle.

Mary se baissa pour le caresser et le chat ronronna de plaisir.

– Bonsoir mon vieux Machin.

Elle l'appelait « Machin » car elle ne connaissait pas son véritable nom.

– Je suis bien content de voir que tu veilles. Au moins, je ne serai pas embêtée par les rats.

Elle eut du mal à se relever. L'eût-on passée dans une essoreuse qu'elle n'aurait pas été plus moulue

Elle n'eut pas le courage de se faire couler un bain, juste celui d'appuyer sur la mise en route de sa chaîne. « Cosi fan tutte » était resté sur la platine depuis la semaine précédente. Elle s'endormit tout habillée bercée par la céleste musique. Quand elle se réveilla, on était dimanche et les douze coups de midi sonnaient au clocher de l'église Saint-Mathieu.

FIN

Quimper, mars 1999

Dans la collection :
Les enquêtes de Mary Lester

N° 1 : LES BRUINES DE LANESTER

La découverte d'un clochard noyé dans le Scorff, entre Lanester et Lorient, quoi de plus banal ? La disparition d'un directeur de société, ça arrive tous les jours ! Des loubards qui volent une voiture, cambriolent une maison... Routine que tout cela pour l'inspecteur Amédéo.

La vie s'écoule, simple et tranquille au commissariat de Lorient. Ou plutôt s'écoulerait, si une jeune femme, inspecteur stagiaire, ne s'avisait de vouloir, contre toute logique, relier ces faits pour en tirer des conclusions pour le moins surprenantes.

Mary Lester parviendra-t-elle, dans cet univers d'hommes, à mener son enquête jusqu'au bout ?

Vous le saurez en marchant sur ses traces, dans « Les bruines de Lanester ».

N° 2 : LES DIAMANTS DE L'ARCHIDUC

Après ses « exploits » au commissariat de Lorient, voici l'inspecteur stagiaire Mary Lester nommée à Quimper, ville où elle a passé une partie de son enfance.

Elle retrouve avec émotion les lieux où elle a vécu des moments heureux et où elle va désormais exercer son métier de femme flic. Cependant, le commissaire principal est en vacances et son adjoint semble avoir une certaine prévention contre les jeunes filles qui veulent « faire de la police ». Aussi la confine-t-il dans de vagues tâches administratives qui ne conviennent pas du tout à la nature active de Mary.

Un curieux personnage lui parle d'un hold-up dans une bijouterie. Rien que de très banal n'est-ce pas? même s'il y a eu prise d'otages.

Mais quand Mary Lester s'en mêle, rien n'est jamais banal!

N° 3 : LA MORT AU BORD DE L'ÉTANG

Après « Les bruines de Lanester » et « Les diamants de l'Archiduc », voici en Cornouaille une troisième enquête de Mary Lester.

Cette fois, son patron lui confie une enquête de routine, un accident de chasse où un industriel a trouvé la mort. Il y a des témoins dignes de foi, des notables qui ont assisté au drame... Un fusil qui explose, ça arrive et le commissaire principal est tranquille : cette fois, tout ce que pourra faire l'inspecteur Lester, c'est de remplir les paperasses habituelles en pareil cas, sans aller chercher midi à quatorze heures, sans mettre tout le monde sens dessus dessous.

Voire, quand Mary Lester se penche sur le plus anodin des problèmes, voilà qu'il devient tout soudain extraordinairement complexe. Après tout, cet accident n'est peut-être pas aussi accidentel qu'il le paraît.

Dans la collection :
Les enquêtes de Mary Lester

N° 4 : MARÉE BLANCHE

Comme il y a pénurie d'inspecteurs au commissariat de Concarneau, Mary Lester y est détachée pour enquêter sur la mort d'un jeune homme. Oh, rien de bien mystérieux, vraisemblablement un règlement de comptes entre marginaux. Voire…

On le sait, Mary Lester a le chic pour apercevoir, derrière des faits paraissant évidents, d'autres qui le sont moins. Et quand elle a saisi un fil conducteur, on peut compter sur elle, en dépit du scepticisme de ses supérieurs, pour débrouiller tout l'écheveau.

Elle va s'immerger dans une petite ville secouée par la crise de la pêche, découvrant, dans un monde dont elle ignore tout, des personnages aussi fragiles que rudes, bien attachants malgré leurs manières brusques. Et il y a urgence, car si la marée noire tue la flore et la faune, la marée blanche, elle, tue les hommes.

N° 5 : LE MANOIR ÉCARLATE

Il y a, au cœur de l'Argoat, la Bretagne des bois par opposition à l'Armor, celle de la mer, un étrange château de briques rouges qui semble avoir été construit au prix d'un pacte avec le Diable. C'est dans ces montagnes Noires qui savent, au gré du temps, être enchanteresses ou lugubres comme l'enfer, que Mary Lester vient enquêter sur la mort violente d'un conférencier du château. Crime rituel ? La mise en scène du cadavre pourrait le laisser croire, si une seconde mort ne venait endeuiller l'illustre assemblée des écrivains qui y font salon. Quel est donc ce meutrier qui va et vient dans le domaine sans que la centaine de C.R.S., appelés en renfort par un élu pris de panique, paraisse le gêner le moins du monde ? Serait-ce un esprit, un insaisissable fantôme qui, au nom d'une mystérieuse malédiction venue du fond des âges, tue impitoyablement au « Manoir écarlate » ?

N° 6 : BOUCAILLE SUR DOUARNENEZ

Quand, en hiver, on découvre dans une mansarde une personne âgée morte de froid, personne ne s'en étonne. Mais quand ladite mansarde contient QUATRE cadavres de vieillards victimes des basses températures, on peut s'interroger sur les véritables raisons de ces décès. Or, quand la police est aux prises avec l'insolite dans un coin de Bretagne, on ne tarde pas à voir paraître Mary Lester.

Cette fois, elle est accueillie comme le Messie par le commissaire Colin. Pensez donc, le Mardi-gras commence, et jamais le vieux patron de la police douarneniste n'a manqué le rendez-vous des masques.

Mary va devoir mener son enquête au cœur d'une bacchanale de quatre jours, dans un monde insolite et déroutant, peuplé de masques parfois mal intentionnés.

Dans la collection :
Les enquêtes de Mary Lester

N° 7 : L'HOMME AUX DOIGTS BLEUS

Mary Lester est en vacances à La Baule… Quoi de plus normal au mois d'août ? Seulement, ce sont des vacances un peu particulières : un patron de la police nantaise a demandé « quelqu'un qui ne fasse pas trop flic » pour s'infiltrer dans le monde particulier d'un golf privé dans lequel se passeraient des trafics peu catholiques. Voici donc Mary, bon gré, mal gré, déguisée en apprentie golfeuse. La tâche, si elle est périlleuse, n'est pas sans agréments : jouer sur un des golfs les plus prestigieux de France et, le reste du temps, bronzer sur la plus belle plage d'Europe, n'est guère rebutant. Seulement, il y a une chose à laquelle Mary n'a jamais su renoncer, c'est à chercher ce qui se cache derrière l'insolite. La mort de Victoire Leblond sur le green du trou numéro sept est-elle aussi naturelle qu'il y paraît ? Et comment « l'homme aux doigts bleus » peut-il, trois mois après sa mort, faire encore des victimes au golf du Bois Joli ?

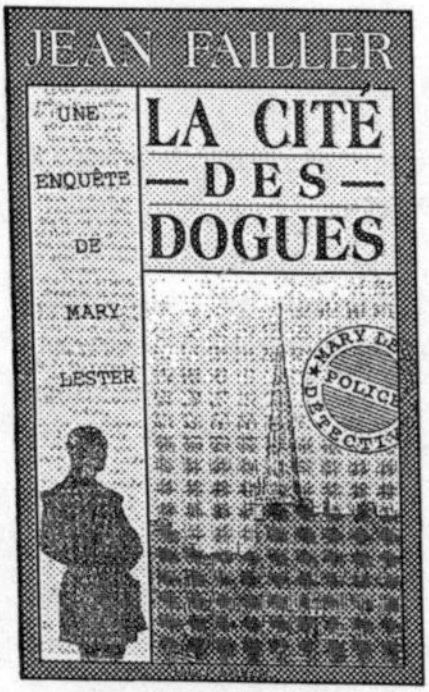

N° 8 : LA CITÉ DES DOGUES

Voici Mary Lester à Saint-Malo.

Elle y a été détachée pour enquêter sur la mort de la jeune et jolie femme du notaire, survenue huit mois plus tôt.

En son temps, la police locale avait conclu à une mort naturelle, hypothèse que tout semble confirmer, et Mary sent qu'elle n'est pas la bienvenue sur cette affaire.

Bien sûr, il faut faire plaisir au notaire, personnalité de premier plan dans la ville, qui réfute la thèse du commissaire Rocca.

Alors on suggère à Mary Lester de passer quelques jours bien agréables à Saint-Malo, de faire semblant de s'activer, et finalement d'abonder dans le sens du commissaire Rocca.

C'est bien mal la connaître !

N° 9 : ON A VOLÉ LA BELLE-ÉTOILE

Camaret-sur-Mer.

Un petit port tranquille à l'entrée de la rade de Brest. Mary Lester, pour échapper à la pression des médias, s'y réfugie pendant sa convalescence, suite à l'affaire de Saint-Malo. Elle trouve une population choquée : par deux fois, on a tenté de voler la Belle-Étoile, le langoustier emblématique de leur port, reconstruit à l'identique. Pour ces forfaits, un homme a été arrêté, jugé et condamné après avoir prétendu, contre toute vraisemblance, avoir agi seul. Puis voilà qu'inexplicablement, le bateau est jeté à la côte au cours d'une tempête.

Convalescente ou pas, Mary ne peut rester insensible au désarroi des Camaretois. Découvrira-t-elle pourquoi on a volé la Belle-Étoile ?

Dans la collection :
Les enquêtes de Mary Lester

N° 10 : BRUME SOUS LE GRAND PONT

Un corps a été découvert par deux enfants dans un square désert à la périphérie de Saint-Nazaire. S'il ne s'agissait du cadavre du juge Ménaudoux, l'affaire serait vivement classée : crime de rôdeur. Mais c'est bien celui que les médias avaient surnommé « le petit juge » qui est mort.

La personnalité de la victime et les circonstances de sa mort rendent l'affaire brûlante. La Chancellerie veut en avoir le cœur net : Ménaudoux a-t-il a été assassiné ?

Si oui, par qui, pourquoi ?

Mary Lester est chargée de se pencher sur cette affaire trouble, bien plus trouble qu'on ne le pourrait croire…

N° 11 : MORT D'UNE ROMBIÈRE

L'Île-Tudy, petit village de pêcheurs à l'embouchure de la rivière de Pont-l'Abbé à la pointe sud de la Bretagne.

Un lieu paisible s'il en est. Son port abrite désormais plus de bateaux de plaisance que de pinasses sardinières et les maisons de pêcheurs « pied dans l'eau » ont, pour la plupart, été rachetées par des estivants.

C'est dans ce pays de la douceur de vivre qu'une vieille femme, Annette Bonnetis, a été sauvagement assassinée.

Les gendarmes ont tôt fait d'arrêter un coupable « idéal » que tout accuse.

Mais Mary Lester, en se penchant sur l'étonnante personnalité de la victime, va faire des découvertes bien surprenantes…

N° 12 : ALLER SIMPLE POUR L'ENFER

Enquête insolite pour Mary Lester.

Elle quitte la terre ferme et embarque sur un chalutier de grande pêche pour une campagne dans les mers les plus inhospitalières du monde. Sur le «Drakkar», fleuron de la flottille lorientaise, des incendies se déclarent régulièrement, mettant en péril la vie des quinze hommes d'équipage.

Qui est le pyromane suicidaire ?

Pour le découvrir, pas d'autre moyen que d'embarquer et de partager la vie de l'équipage.

Et, sur l'Océan, entre les Féroé et l'Islande, on est plus près de l'Enfer que du Paradis.

Dans la collection :
Les enquêtes de Mary Lester

N° 13 : ROULETTE RUSSE POUR MARY LESTER

Voici Mary Lester sur la côte nord de Bretagne, à Saint-Quay-Portrieux où une étrange fatalité s'acharne sur une famille Russe, cinq frères, qui ont repris la gestion du casino.

Mary Lester est envoyée en observatrice sur les lieux. Elle va y faire d'étranges découvertes qui n'empêcheront pas d'autres « accidents » de décimer la famille Lissenkov.

Mais qui donc voue aux Russes cette haine mortelle? Qui donc les tuent, les uns après les autres, avec une détermination et une imagination imprévisibles?

Il faudra toute l'intuition, tout le flair de Mary Lester pour parvenir à démasquer l'implacable meurtrier.

N° 14 : À L'AUBE DU TROISIÈME JOUR

Où va-t-on si les voyous se mettent à annoncer leurs forfaits dans des livres, avant de les commettre?

C'est la question que se pose Mary Lester en lisant « à l'aube du troisième jour », un livre étrange qui raconte comment un chanteur célèbre va être enlevé pendant le festival des Vieilles Charrues, à Carhaix.

Le préfet est inquiet, le maire est inquiet, le président du festival est inquiet. Seul le commissaire Fabien, d'humeur bien guillerette en l'absence de sa femme, veut croire au canular.

Néanmoins, il envoie Mary Lester enquêter sur place.

Voici donc Mary plongée au cœur du festival, découvrant un monde nouveau, inconnu d'elle, où gravitent de bien inquiétants personnages.

N° 15 : LES GENS DE LA RIVIÈRE

« Savez-vous combien de personnes ont péri de mort violente sur l'Odet cette année? »

L'onde de « la plus jolie rivière de France », s'il faut en croire les dépliants touristiques, n'est pas seulement peuplée de saumons et de bars. Y passent parfois, entre deux eaux, entre deux marées, de mystérieux macchabées.

Combien de personnes ont péri de mort violente sur l'Odet? Ah la bonne question! Mary Lester va s'efforcer d'y répondre et ses recherches, entre Quimper et Bénodet, entre noyés, accidentés et disparus, vont la mener à de bien surprenantes découvertes.

Retrouvez les enquêtes
de Mary Lester sur internet :
http://www.marylester.com

ÉDITIONS DU PALÉMON
ZA DE TROYALAC'H - N° 10
RUE ANDRÉ MICHELIN - 29170 ST-ÉVARZEC
DÉPÔT LÉGAL 2e TRIMESTRE 1999.
ISBN 2-907572-23-7
ACHEVÉ D'IMPRIMER SUR ROTO-PAGE
PAR L'IMPRIMERIE FLOCH À MAYENNE (65061)
Imprimé en France